La puissance d'un amour

Barbara Cartland

La puissance d'un amour

traduit de l'anglais par Catherine LUDET

Éditions J'ai lu

Ce roman a paru sous le titre original :

DIONA AND A DALMATIAN

© Barbara Cartland, 1983
Pour la traduction française :
© Éditions de Fanval, 1985

NOTE DE L'AUTEUR

Orion était un géant célèbre pour sa beauté. Doté d'une force prodigieuse, il aimait passionnément la chasse et était toujours accompagné, dans l'exercice de son sport favori, par son chien Sirius. Il vécut, auprès de nombreuses déesses, des amours dramatiques.

Lorsqu'il fut tué, il fut transporté au ciel où sa constellation, qui le représente vêtu d'une armure d'or, l'épée à la main, brille au cours des nuits d'hiver. Sirius, bien entendu, monte la garde à ses côtés.

Les dalmatiens sont des chiens nobles, qui ont été introduits en Angleterre il y a un peu plus de deux siècles. On s'interroge sur leur pays d'origine qui serait, selon certains experts, la Dalmatie et, selon d'autres, l'Inde ou l'Espagne.

Pendant des générations, ils ont été entraînés à accompagner les voitures de maître en courant entre les roues; ce sont aussi des chiens de chasse. Compagnons dévoués et gardiens efficaces, ils sont faciles à dresser. Le bruit ne les fait pas aboyer car ils savent distinguer la nature du danger qui les menace.

1

1819

Avec difficulté, sir Hereward Grantley s'assit dans son immense fauteuil. Il souleva, en grimaçant de douleur, son pied déformé par la goutte et le plaça précautionneusement sur un petit tabouret; cet effort accompli, il se laissa lentement aller contre le dossier avec un profond soupir.

Soudain, un jeune dalmatien surgit, la queue frétillante. En quelques bonds, il s'approcha du fauteuil et, dans son élan, frôla un verre de cognac, posé sur une table basse, qui bascula et tomba sur le sol, irrémédiablement brisé.

Sir Hereward se tourna vers sa nièce avec un rugissement de fureur.

– Tu ne peux pas surveiller ce maudit animal! hurla-t-il. Combien de fois dois-je te répéter que je ne veux pas de lui dans cette maison!

– Je suis vraiment désolée, oncle Hereward, s'exclama Diona qui s'était précipitée pour ramasser les morceaux de verre et les déposait un par un dans la corbeille à papier. Sirius ne l'a pas fait exprès. Il désirait simplement manifester sa joie de vous voir!

– Je possède suffisamment de chiens sans le tien.

Ou il reste au chenil, ou je le fais abattre, je te préviens!

La jeune fille laissa échapper un cri d'horreur tandis que, du fond de la pièce, une voix s'élevait :

– Excellente idée, papa! Vous avez raison, les chiens n'ont que faire ici. Savez-vous, en outre, que celui-ci adore, en ce moment, courir dans les bois, ce qui risque d'affoler les oiseaux en train de couver?

– C'est faux! se récria Diona, indignée. Sirius ne me quitte pas d'une semelle et je ne pénètre jamais dans les bois à la saison des nids!

– Je l'ai vu de mes propres yeux!

Pour Diona, la cause de ce mensonge ne faisait pas le moindre doute : dès son arrivée dans la vaste et rébarbative demeure de son oncle, son cousin Simon l'avait importunée de ses assiduités. Au refus sans ambiguïté qu'elle lui avait signifié, il opposait depuis un mélange de rancune et de malveillance, et ne cessait de l'accabler de mille tracasseries.

Il cherchait cette fois à se venger sur Sirius d'une humiliation subie deux jours auparavant. Alors qu'elle montait dans sa chambre, il avait tenté de l'embrasser. Dans sa lutte désespérée pour lui échapper, elle avait soudain pris conscience de sa faiblesse et, de son talon, avait violemment écrasé le pied de son cousin. Avec un cri de douleur, il avait relâché son étreinte, et elle s'était enfuie en balbutiant :

– Laissez-moi tranquille! Je... je vous déteste, et si vous osez encore me toucher, j'irai trouver oncle Hereward!

A présent, Simon tenait sa revanche. Quittant la table où il s'était attardé pour finir d'engloutir un plantureux petit déjeuner, il se dirigea vers son père.

– Supprimons ce chien, papa. Je vais en donner l'ordre à Heywood qui nous a débarrassés de Rufus lorsqu'il est devenu trop vieux pour chasser.

– Vous ne tuerez pas Sirius! s'écria Diona, blanche de colère. Il est jeune et ne le fait pas exprès. C'est la première fois qu'il casse quelque chose dans cette maison!

– La première fois que nous nous en apercevons, voulez-vous dire, rétorqua son cousin.

Diona adressa à son oncle un regard implorant.

– Je vous en supplie, oncle Hereward, vous savez combien j'aime Sirius, et tout ce qu'il représente pour moi! Il est le seul cadeau qui me reste de papa!

Aussitôt, elle sentit qu'elle venait de commettre une erreur. Sportsman accompli, excellent chasseur et par surcroît très bel homme, Harry Grantley avait toujours, de son vivant, inspiré à son frère aîné un sentiment de jalousie mêlée de haine. Sir Hereward avait surtout pris ombrage de l'immense popularité de son cadet dans la région. Aussi la jeune fille pensait-elle parfois que la mort prématurée de son père, survenue alors qu'il mettait un cheval à demi sauvage sur un obstacle élevé, avait secrètement réjoui son oncle.

Qu'un tel accident, susceptible de ne se produire qu'une fois sur cent, eût frappé un cavalier aussi émérite qu'Harry Grantley, avait semblé impossible à croire. Tout le comté l'avait pleuré et son épouse, ainsi que Diona l'avait compris bien plus tard, avait, elle aussi, ce jour-là, cessé de vivre. Ses forces déclinant peu à peu, elle s'était, moins d'un an plus tard, éteinte à son tour.

La jeune fille n'avait alors eu d'autre choix que d'aller vivre sous le toit de son oncle, qui était aussi son tuteur. Elle avait quitté la maison où, dans son souvenir, le bonheur de ses parents paraissait entretenir un soleil éternel, pour l'austère et froide demeure pleine de courants d'air qui, depuis trois cents ans, abritait les Grantley. Là, elle avait su aussitôt que son cousin Simon allait faire de sa vie un enfer.

Sir Hereward ne se considérait comme supérieur à son frère que sur un seul plan : au lieu d'une fille, il avait engendré un garçon. Malheureusement Simon n'était pas un fils dont on pût particulièrement être fier. A vingt-quatre ans, il avait à peine atteint l'âge mental d'un adolescent de seize ans peu éveillé, et ne se distinguait dans aucun domaine, celui de son appétit excepté. D'une effrayante gloutonnerie, il se montrait capable d'ingurgiter en un seul repas plus de nourriture que trois hommes réunis.

A la mort de son père, il hériterait du titre et deviendrait ainsi le sixième baron de la lignée. Sir Hereward, à qui son épouse à demi invalide ne donnerait jamais d'autre enfant, avait accepté son sort dont il tentait de tirer le meilleur parti. Cédant à tous les caprices de son fils, il flattait tous ses penchants, bons ou mauvais, dans l'espoir qu'en l'encourageant à devenir de jour en jour plus égoïste, il parviendrait miraculeusement à faire de lui un homme.

Aussi intuitive et intelligente que ravissante, Diona avait très vite deviné les sentiments qui agitaient son oncle, et son cœur s'était alors serré de compassion. Mais sa vie n'en était pas devenue plus supportable pour autant. Sa présence, elle le savait, irritait sir Hereward et il la rejetait, tout comme il avait rejeté son père. Elle ne parvenait à lui complaire en rien. Il ne se passait pas une journée sans qu'il l'admonestât, le plus souvent pour quelque faute imaginaire, ou tout simplement parce qu'il ressentait tout à coup le besoin irrépressible de décharger sur quelqu'un le trop-plein de sa rancœur. Souvent alitée, sa femme l'abreuvait de lamentations et de jérémiades, mais elle ne manifestait aucun désir réel de recouvrer la santé. Quant à Simon, il était une source constante de déceptions. En outre, sir Hereward buvait beaucoup trop et souffrait sans répit de la goutte qui, après avoir déformé une de ses jambes, s'étendait maintenant à ses mains.

Soudain, comme vidé par cet accès de colère, il s'adressa à son fils en maugréant :

– Tu as raison. Dis à Heywood de se débarrasser du chien dès ce soir. Je n'ai pas l'intention de laisser cet animal compromettre la chasse de cet automne.

Diona tomba à genoux devant le fauteuil de son oncle.

– C'est impossible... oncle Hereward, balbutia-t-elle. Vous ne pouvez pas vous montrer si cruel... Vous savez combien je tiens... à Sirius...

Sa voix se brisa et sir Hereward parut un instant sur le point de fléchir. Mais Simon intervint de nouveau.

– Ce chien court après tout ce qui bouge. Je l'ai vu hier poursuivre les poules. Nous saurons à qui nous en prendre si nous n'avons bientôt plus d'œufs pour le petit déjeuner.

– C'est un mensonge, protesta Diona. Un horrible mensonge!

Les arguments de Simon avaient néanmoins emporté la décision de sir Hereward.

– Va transmettre mon ordre à Heywood, commanda-t-il. Et rappelle-lui que tout animal domestique, chien ou chat, qui pénètre dans les bois, devra être abattu.

Diona fut sur le point de crier son indignation devant tant d'injustice et de cruauté, mais elle savait que désormais toute supplication serait inutile.

Son oncle ne se laisserait pas ébranler. Consciente du regard de triomphe et de mépris que lui jetait son cousin, elle se releva et sortit lentement de la salle à manger, la tête haute, dans un sublime effort de dignité. Dès que la porte se referma derrière elle, éperdue, elle se précipita dans l'escalier, suivie de Sirius.

Peu de temps avant sa disparition, son père lui avait offert un petit chiot frétillant, âgé d'un peu plus de deux semaines, et dont la fourrure se constellait déjà de taches noires. Elle l'avait serré très fort dans ses bras, incapable de résister à l'appel de ce regard si tendre, et avait confusément senti que l'un de ses désirs les plus chers venait d'être comblé.

Lorsqu'elle avait perdu son père, puis sa mère, Sirius avait été sa seule consolation. Alors qu'elle s'effondrait de douleur, le corps secoué de sanglots irrépressibles, il s'était lové contre elle en lui léchant tout doucement la joue et elle avait compris ce jour-là qu'elle n'avait plus que lui au monde.

Il lui restait bien sûr de la famille du côté des Grantley, mais outre le fait que la plupart de ses cousins ne vivaient pas dans le même comté, aucun d'entre eux ne lui paraissait susceptible de recueillir une orpheline sans ressources. Son père avait consacré jusqu'au dernier sou de son petit capital à l'acquisition de chevaux sauvages qu'il projetait de dresser, afin de les revendre ensuite à un bon prix. Les quatre premiers avaient surpassé tous ses espoirs, ce qui l'avait encouragé à continuer.

– Cela peut paraître extravagant, avait-il dit un jour à son épouse, mais j'ai en ce moment la possibilité d'acheter quelques spécimens d'élevages exceptionnels, de chez un ami irlandais qui liquide ses biens. Il serait fou de laisser passer une telle occasion!

– Mais bien sûr, mon amour, avait répondu sa femme. Personne ne vous égale pour ce qui est des chevaux et je suis certaine que ceux dont vous parlez rapporteront beaucoup d'argent.

Étant donné les bénéfices déjà réalisés, Harry Grantley était bien de cet avis et l'arrivée des chevaux, qui paraissaient largement tenir leurs promesses, avait confirmé cet espoir. Il s'agissait de bêtes encore totalement indomptées, dont le débourrage avait nécessité une patience infinie et un travail considérable. Diona en avait suivi l'évolution avec passion, sans pouvoir toutefois y participer : bien qu'elle fût une cavalière expérimentée, que l'on avait mise à cheval dès qu'elle avait su marcher, son père ne la laissait approcher que lorsqu'il n'y avait pas de danger.

Par une cruelle ironie du sort, c'était en entraînant l'un de ces chevaux que son père avait fait une chute fatale. Les autres bêtes, en cours de dressage, n'avaient rapporté que peu d'argent. Sa mère et elle avaient pu vivre cependant dans une relative aisance au cours des mois qui avaient suivi l'accident puis, petit à petit, Diona avait vu sa mère s'étioler et perdre tout intérêt pour ce qui n'était pas sa fille. Rire était devenu pour elle un effort et elle n'était bientôt même plus parvenue à sourire. Si elle gardait, au prix d'une volonté héroïque, une parfaite maîtrise d'elle-même durant la journée, elle passait probablement la plupart de ses nuits à pleurer la perte de son bien-aimé.

Après sa disparition, un doute torturant avait assailli la jeune fille. Avait-elle vraiment fait tout ce qui était en son pouvoir pour retenir sa mère à la vie? Elle ne cessait de se répéter qu'il s'agissait là non d'une maladie physique mais d'une souffrance de l'âme, d'un désarroi mental et spirituel : privée de l'homme qui avait rempli sa vie à l'exclusion de tout le reste, elle avait refusé de lui survivre.

« Au moins, ils ont connu ensemble un parfait bonheur », se disait Diona. Prisonnière dans la demeure glaciale et hostile de son oncle, elle constatait maintenant à quel point la vie d'une maison émanait non pas des matériaux qui la constituaient, mais tout simplement de ses habitants. L'intérieur des Grantley aurait dû être magnifique. Son oncle était un homme riche, qui avait hérité de meubles et de tableaux remarquables, particulièrement représentatifs des époques diverses où ils avaient été ajoutés au patrimoine familial. Pourtant, parce qu'il était acariâtre et aigri, et sa vie totalement dénuée de joie, son foyer était toujours apparu à Diona aussi sombre et froid que le cœur de tous ceux qu'il abritait.

Les serviteurs, vieux, revêches, n'appréciaient ni la condescendance, ni le manque d'égards qui leur étaient manifestés, mais n'en montraient rien de peur de perdre leur emploi. Les écuries étaient remplies d'excellents chevaux et le chenil de chiens de race mais ces animaux, dont on ne s'occupait qu'en fonction de ce que l'on attendait d'eux, ne ressemblaient en rien aux chevaux de son père, ni aux chiens dont elle avait tant aimé prendre soin.

Son oncle avait tout d'abord accepté que Sirius ne la quittât pas. Il dormait sur son lit et, partout où elle allait, la suivait fidèlement. Mais un jour, elle s'était aperçue que Simon dressait son père contre le chien. Sir Hereward avait commencé par proférer des jurons chaque fois qu'il trouvait Sirius sur son chemin, puis il s'était peu à peu livré à des remarques désobligeantes, telles que « l'appétit de cet animal causera notre ruine! »

Il s'agissait bien entendu d'une allusion perfide au fait que Diona ne possédait pas le moindre argent. Ainsi qu'il ne cessait de le rappeler à tout propos, sir Hereward avait réglé les dettes de son frère après la mort de son épouse, bien que celle-ci se fût efforcée, dans les mois précédents, de rembourser ce que son mari devait. Il n'était resté, en réalité, que quelques factures non honorées, mais qui suffisaient à fournir à sir Hereward un prétexte supplémentaire pour se montrer extrêmement déplaisant.

Sa mesquinerie s'était également exercée à l'égard des domestiques de son frère. Il avait fallu verser une indemnité à trois d'entre eux, tandis que la garde de la maison avait provisoirement été confiée à un couple âgé.

– Vous pouvez rester ici, leur avait dit sir Hereward, en attendant que je trouve un acheteur qui me débarrasse de cette propriété. Ensuite, il faudra sans doute que j'essaie de vous trouver un cottage. Sinon, ce sera l'hospice.

Le mépris avec lequel il s'était exprimé avait arraché un cri de protestation à Diona qui s'était sentie terriblement impuissante. Il paraissait peu probable que sir Hereward mît un jour sa menace à exécution, mais le fait même qu'il l'eût formulée allait bien sûr tourmenter inutilement les vieux serviteurs. Ils risquaient de perdre le sommeil, dans l'appréhension d'un avenir terrifiant.

Avant de les quitter, elle leur avait promis de faire tout son possible pour les aider si, et quand la maison serait vendue.

– Je pense personnellement que cela risque de ne pas se produire, avait-elle dit pour les rassurer. Qui voudrait vivre dans un endroit aussi isolé ? Papa ne l'aimait que parce qu'il pouvait y entraîner ses chevaux.

Et aussi, avait-elle songé, parce qu'il s'était réjoui à l'idée de s'installer non loin de son frère et surtout de la demeure ancestrale où, enfant, il avait été si heureux. Il racontait souvent à sa fille comment, du temps de son père, et avant qu'il ne s'engage dans l'armée, lui et ses amis avaient toujours reçu là-bas un accueil plein de chaleur.

Après avoir combattu plusieurs années pour son pays, il était tombé éperdument amoureux d'une jeune fille qui lui avait donné l'envie d'une vie stable. Il l'avait épousée et, en 1802, année de paix entre l'Angleterre et la France, ils s'étaient installés tous deux dans le petit manoir. Là, ils s'étaient disposés, ainsi qu'il le disait avec confiance, à « fonder une nombreuse famille ». Le fait de n'avoir qu'une petite fille l'avait probablement déçu, mais le père de Diona n'en avait jamais rien laissé paraître devant elle. Après sa mort seulement la jeune fille s'était demandé s'il n'eût pas préféré un fils susceptible d'hériter du titre de baron, puisque Simon n'était pas tout à fait normal, et que son oncle n'aurait pas d'autre enfant. Mais elle s'était dit aussi souvent qu'il ne servait à rien de se tourner vers le passé pour songer à ce qui aurait pu être. Mieux valait s'efforcer de faire face au dénuement moral de sa vie quotidienne à Grantley Hall, et chercher avec l'énergie du désespoir une issue à sa situation.

Lorsque son oncle se montrait particulièrement désagréable, elle s'interrogeait, la nuit, allongée sur son lit, les yeux grands ouverts. Que pouvait-elle faire pour gagner sa vie? Oserait-elle écrire aux autres membres de sa famille afin de leur demander de l'accueillir? Mais les cousins de son père étaient également ceux de son oncle, et elle sentait que, bien que ce dernier ne voulût pas d'elle, il s'opposerait à son départ et y ferait délibérément obstacle.

– Maintenant que je suis ton tuteur, avait-il coutume de déclarer, tu feras ce que je te dirai.

Diona en déduisait qu'il voulait la dominer et affirmer sur elle son autorité pour l'unique raison qu'elle était la fille de Harry Grantley. Elle était d'une sensibilité si vive que les sentiments hostiles non exprimés la blessaient plus profondément encore que des paroles cruelles.

Bien qu'ils eussent passé une partie de leur vie dans la haute société, ses parents n'avaient jamais regretté le mouvement et les distractions de Londres et Diona, pour sa part, aimait aussi la campagne. Sa mère avait vaguement parlé de la présenter à la Cour, et de l'emmener aux bals et aux réceptions dès qu'elle aurait terminé ses études et deviendrait une *débutante* [1]. Mais son père était mort six mois avant son dix-huitième anniversaire, et elle

---

1. En français dans le texte.

allait maintenant sur ses dix-neuf ans sans avoir jamais visité Londres.

Enfant, elle avait, bien entendu, assisté à quelques réceptions dans le comté mais, au fur et à mesure qu'elle avait grandi, sa passion pour la chasse en hiver et pour les épreuves hippiques auxquelles prenait part son père s'était affirmée. Ces réunions lui avaient permis de rencontrer certains membres de la « petite noblesse terrienne » mais, à sa grande joie, elle y retrouvait également les hommes qui admiraient le plus Harry Grantley : les métayers. L'ayant surnommée « la jolie petite demoiselle », ces derniers la saluaient en portant la main au chapeau, et ne manquaient jamais de l'inviter à déguster le délicieux pain croustillant cuit par leur femme, tout frais sorti du four et accompagné d'un beurre crémeux et doré.

Mais, si aimables fussent-ils, Mrs Grantley souhaitait que sa fille se fît d'autres relations.

– Je désire que tu aies comme débutante un succès égal à celui que j'ai connu, disait-elle. Je ne fais pas preuve de vanité, ma chérie, en t'affirmant que j'étais très admirée et que de nombreux jeunes gens aussi riches que charmants demandaient à mon père la permission de me courtiser.

– Vous voulez dire, maman, qu'ils désiraient vous épouser?

– Oui, mais je ne voulais d'aucun d'entre eux. J'attendais, sans le savoir, de rencontrer ton père.

– Et que s'est-il passé lorsque papa est entré dans votre vie?

– J'en suis tombée éperdument amoureuse. Il était l'homme le plus beau et le plus séduisant que j'aie jamais vu.

Mrs Grantley avait poussé un soupir avant de poursuivre :

– Si seulement tu avais pu le voir dans son uniforme! Il faisait battre le cœur de toutes les jeunes filles.

– Mais c'est vous qu'il a aimée, maman? avait demandé Diona.

– Au premier regard. Et je ne crois pas que deux êtres puissent connaître un bonheur plus grand que le nôtre.

C'était de ce bonheur que la jeune fille avait tant la nostalgie, ce bonheur rayonnant comme un astre sans lequel, maintenant encore, elle ne pouvait évoquer la maison de son enfance autrement que par beau temps.

Elle s'engouffra dans sa chambre, suivie par Sirius, et referma précipitamment la porte. Une horrible sensation d'étouffement s'empara d'elle. Elle se mouvait tout à coup dans un brouillard épais, suffocant...

Elle se laissa tomber à genoux près de Sirius et l'entoura de ses bras, le visage ruisselant de larmes. Conscient de sa détresse, il lui lécha doucement la joue, soulevant en elle une vague d'attendrissement. Elle ne pouvait se résoudre à le perdre. S'il mourait, elle mourrait aussi car il ne lui resterait alors rien qui valût la peine de vivre.

Brusquement, comme revigorée par la chaleur qui se dégageait de son chien, elle sentit naître en elle une surprenante détermination.

A son arrivée chez son oncle, elle s'était vue si désemparée qu'elle avait accepté son malheureux sort comme un fardeau inévitable, sans aucune échappatoire. Chaque fois que par un acte ou une parole maladroite elle avait attiré sur sa tête des reproches sans fin, elle avait renoncé à plaider sa cause, convaincue à l'avance de l'inutilité de ses protestations. Elle comprenait maintenant qu'il lui fallait se révolter, sinon pour elle-même, tout au moins pour sauver Sirius.

Elle le serra plus fort contre elle et, à nouveau, il l'assura, d'un petit coup de langue, de son soutien absolu. Puis il s'écarta d'elle en remuant la queue et la regarda d'un air suppliant, comme pour suggérer une promenade.

– C'est exactement ce que nous allons faire, Sirius, déclara Diona. Nous allons sortir et ne plus revenir. Pourquoi n'y ai-je pas pensé plus tôt?

Se relevant d'un bond, elle donna un tour de clé à la porte, bien que cette précaution fût superflue. Personne ne lui rendait jamais visite, mais elle devait agir avec une extrême prudence.

Elle étala sur son lit un grand châle de soie qui avait appartenu à sa mère et y rassembla quelques objets de première nécessité, bien décidée à se contenter de l'essentiel. Peut-être lui faudrait-il effectuer de longues distances à pied, et elle se maudirait alors de s'être inutilement chargée. Enfin, elle glissa dans son paquet deux robes de mousseline d'une légèreté aérienne.

Le ballot une fois solidement noué, elle resta perplexe. Il était beaucoup trop volumineux. Au bout d'un instant, elle défit le nœud et troqua sa tenue contre la plus élégante de ses deux robes, sa meilleure paire de chaussures et un ravissant chapeau, souvenir de sa mère.

Elle avait dû quitter le deuil un mois auparavant car, dans un moment de rage, son oncle avait décrété qu'il ne pouvait plus supporter « une corneille » dans la maison. Elle n'avait pas dépensé tout l'argent qu'il lui avait donné à son arrivée pour s'acheter des vêtements de deuil, et avait pu s'offrir quelques jolies robes dans la ville voisine.

Lorsqu'elle était apparue ainsi vêtue devant son oncle, il avait à contrecœur manifesté son approbation puis, parce qu'il lui fallait malgré tout trouver matière à reproches, il avait commencé à se plaindre de ce qu'elle lui coûtait.

Sur le point de s'enfuir, la jeune fille se réjouissait cependant de ce que ses robes fussent neuves ; elles lui feraient ainsi plus d'usage. Elle s'inquiétait surtout de la maigreur de son pécule qui serait bien vite épuisé. Elle possédait – bien que l'idée de s'en séparer lui fût un supplice – quelques bijoux hérités de sa mère : sa bague de fiançailles, une broche incrustée de diamants, présent de son époux à l'occasion de la naissance de leur fille, et un bracelet de valeur, plutôt laid, que Mrs Grantley tenait de sa propre mère et qu'elle avait toujours conservé pour ce motif. « Avec le produit de leur vente, songea Diona, je pourrai certainement nourrir Sirius assez longtemps. » Elle enfouit les bijoux avec son argent dans un sac qu'elle accrocha à son poignet et, saisissant son paquet, chuchota à son chien de la suivre.

Comprenant que la promenade était proche, il se mit à exprimer bruyamment sa joie mais, d'un geste, Diona lui ordonna de se calmer. Il parut comprendre aussitôt la situation. Ayant grandi auprès d'elle sans l'avoir jamais quittée, il lui obéissait au premier mot. En raison de cela, le mensonge de son cousin, bâti de toutes pièces, était apparu aux yeux de Diona encore plus odieux.

Elle ouvrit la porte avec précaution et, docilement, Sirius quitta la pièce sur ses talons. Ils se dirigèrent vers un petit escalier qui conduisait à une porte donnant sur l'arrière de la maison. Il était nécessaire d'éviter l'office à tout prix car, à cette heure, les serviteurs s'y détendaient probablement en dégustant du thé ou de la bière. Durant la pause de onze heures, le reste du personnel se trouvait en général dans l'aile principale.

Dès qu'ils furent dehors, Diona se hâta le long d'une allée beaucoup moins large et majestueuse que l'avenue bordée de chênes de l'entrée principale, mais qui présentait l'avantage de n'être visible d'aucune fenêtre des pièces communes du manoir. Foulant l'herbe d'un pas vif, elle avançait rapidement, précédée de Sirius qui, le museau à terre, veillait à ne pas s'éloigner et la rejoignait au moindre signe de sa part.

Il leur fallut dix minutes pour atteindre le pavillon des gardiens, situé près d'un portail à la grille petite et peu ouvragée. Diona savait que ses occupants, âgés et presque infirmes, ne fermaient cette entrée que lorsqu'ils en recevaient l'ordre. Aucun signe de vie ne se manifestait. Elle en profita pour se faufiler devant la maison et déboucha tout à coup sur la route poussiéreuse.

Un bref instant, elle s'interrogea sur la direction à prendre, mais la solution ne tarda pas à se présenter d'elle-même. Tourner à droite, elle s'en souvenait maintenant, la mènerait droit au village.

Au moment précis où elle s'apprêtait donc à s'orienter vers la gauche, ce qui lui permettrait de parcourir un long chemin avant d'atteindre la première habitation, elle aperçut une carriole qui semblait venir du village. Elle eut un sursaut, craignant qu'il ne s'agît d'une rencontre indésirable mais, à son immense soulagement, elle reconnut le roulier.

Elle fit quelques pas sur la route afin de s'écarter de la grille et attendit que le véhicule parvînt à sa hauteur pour lever la main.

Tout le monde, dans la région, connaissait le vieux Ted, dont l'unique mission consistait à transporter de village en village divers colis, des produits de ferme et parfois même des passagers. Tirant sur les rênes de son gros cheval pie, il la salua.

– Bonjour, miss Diona. Je peux vous être utile?

– Vous serait-il possible de m'emmener, Ted?

– Où allez-vous? s'enquit-il.

– Je vous le dirai un peu plus tard, lança-t-elle en sautant prestement sur le marchepied.

Tandis qu'elle prenait place, elle remarqua que la carriole était remplie de petites cages de bois où se débattaient de jeunes coqs. Le roulier la soulagea de son ballot qu'il déposa à ses pieds.

– Ça fait longtemps que je ne vous avais pas vue, miss Diona? On dirait que votre chien a toujours aussi belle allure!

Sirius avait à son tour bondi dans le véhicule et, peu désireux de rester sur le sol, s'était aussitôt installé sur le siège de bois, à côté de sa maîtresse qui s'était glissée près de Ted pour lui faire une place. Très intéressé par le voyage, il ne cessait de tourner la tête de tous côtés.

Diona l'entoura d'un bras protecteur.

– Où vous rendez-vous ainsi, Ted? Loin, j'espère.

– Très loin. J'emmène ces coqs dans une des fermes de Sa Seigneurie. Ça va me prendre toute la journée.

– Sa Seigneurie?

Ted hocha la tête en signe d'affirmation.

– Le marquis d'Irchester. C'est pour la ferme du château.

– Le marquis d'Irchester? répéta-t-elle d'un ton pensif.

Bien qu'elle n'eût jamais rencontré le marquis,

son nom ne lui était pas inconnu. Elle savait que ses terres se trouvaient sur le comté voisin, plus proche de Londres, et avait entendu son père mentionner ses chevaux de courses. Récemment, elle avait lu dans la gazette qu'il avait remporté la grande course de Newmarket. Son nom n'évoquait rien d'autre pour elle.

Ils s'acheminèrent un moment en silence, puis la jeune fille reprit :

– Pensez-vous, Ted, que j'aie la moindre chance de trouver un emploi dans l'une des fermes du marquis?

– Un emploi, miss Diona? s'exclama Ted, interdit. Mais pourquoi vous faudrait-il donc travailler?

– Je me suis enfuie, Ted.

– Comment avez-vous pu faire une chose pareille? prononça Ted avant qu'elle eût le temps de s'expliquer. Je ne crois pas que votre papa approuverait ça.

Il observa une pause avant d'ajouter :

– Un fin cavalier, votre papa. Je l'ai bien souvent admiré quand il participait à une chasse ou qu'il se rendait chez votre oncle, au manoir. Personne ne l'égalait.

– Non, personne. Mais je dois quitter la maison de mon oncle qui a donné l'ordre d'abattre Sirius.

Le roulier se tourna vers elle, une expression d'incrédulité sur le visage.

– Il ne faut pas! s'écria-t-il. Votre chien est jeune, il n'y a aucune raison de le tuer!

– Papa me l'a offert juste avant de mourir, balbutia Diona et... je ne peux pas le perdre... je ne peux pas!

– Bien sûr que non! approuva Ted avec véhémence. Peut-être que quelqu'un pourrait s'occuper de lui à votre place.

24

– Ce serait encore pire. Il ne m'a jamais quittée et je craindrais toujours qu'il ne soit maltraité ou mal nourri. Cela me serait... insupportable!

Sa voix étranglée révélait à Ted son désarroi, de façon infiniment plus éloquente que ses paroles.

– Vous ne pouvez pas rester seule, miss Diona. N'y a-t-il personne qui puisse vous accueillir avec votre chien?

– J'y ai pensé, mais je suis certaine qu'oncle Hereward insisterait pour que je retourne auprès de lui, et je n'aurais alors plus aucun espoir de sauver Sirius.

Ted médita ces mots en silence.

– Qu'est-ce que vous comptez faire, miss Diona? demanda-t-il enfin.

– Je pourrais travailler dans une ferme.

– Mais vous ne connaissez rien aux vaches! argumenta-t-il.

– J'apprendrai.

Ils se turent de nouveau et l'on n'entendit plus que le trot régulier du cheval pie qui, chaque jour, sous le soleil et sous la pluie, permettait à Ted de mener à bien la livraison de ses colis.

Diona exprima tout haut ses pensées.

– Je m'y connais en chevaux et, bien entendu, en chiens.

– Sa Seigneurie possède quelques chiens magnifiques, intervint Ted. Surtout des épagneuls.

Diona leva vers lui un regard brillant d'espoir.

– Peut-être aurait-il besoin de quelqu'un pour s'occuper d'eux?

– Il a déjà un gardien de chenil.

– Pourquoi n'aurait-il pas aussi une gardienne?

– Je n'ai jamais entendu parler de ça!

– Il doit y avoir une foule de choses qu'une

femme pourrait accomplir aussi bien qu'un homme! insista la jeune fille. Je saurais m'occuper des chiots et soigner les chiens malades, les promener, et bien évidemment les dresser!

Ted parut se plonger dans une profonde réflexion, puis il dit lentement :

– J'ai pensé à toutes les maisons que je connais qui possèdent des chevaux et des chiens; je n'y ai jamais vu aucune femme.

– Cela ne signifie pas que si une femme se présentait, on refuserait de l'employer! Les fermiers s'adressent aux femmes pour traire les vaches. Pourquoi ne leur confieraient-ils pas le soin des chiens et des chevaux?

Ted changea ses rênes de main et se gratta la tête d'un air perplexe.

– Je ne vois pas de raison, admit-il à contrecœur. Mais je sais bien que jusqu'à présent ça n'existe pas.

– Je pourrais tout de même tenter ma chance, fit Diona d'une toute petite voix. Si l'on m'oppose un « non » catégorique, alors peut-être, Ted... m'aiderez-vous à trouver ce que je pourrais faire d'autre?

Elle hésitait. Le fait que Ted fût passé sur son chemin et l'emmenât si loin avait été une chance exceptionnelle. Mais il ne fallait à aucun prix qu'elle rentre avec lui.

Comme s'il avait lu en elle, il déclara :

– Allons, miss Diona, si vous voulez mon avis, vous devriez retourner chez votre oncle et essayer de lui parler de nouveau. Vous allez au-devant de gros ennuis, si vous ne m'écoutez pas.

– Si vous faites allusion aux bandits et aux voleurs de grands chemins, dit Diona, Sirius saura me protéger.

– Il y a des choses pires que ça!

– Que pourrait-il y avoir de pire?

Ted ne trouva rien à répondre et laissa s'écouler quelques instants avant de tenter une autre approche.

– C'est très agréable de vous avoir avec moi, miss Diona, mais je pense que j'ai tort de vous emmener si loin de chez vous.

– Cela m'évite un long trajet à pied, Ted. Je m'enfuis et n'ai aucune intention de revenir sur mes pas.

Il renonça à discuter davantage. Quelques minutes s'écoulèrent et Diona, qui se laissait bercer par le rythme régulier de la carriole, s'aperçut tout à coup qu'elle avait faim. Les œufs de son petit déjeuner étaient déjà loin.

– J'avais l'intention de m'arrêter au *Green Man*, à Little Ponders End, pour manger un morceau, dit Ted avec à-propos. Mais nous ferions peut-être mieux de ne pas nous arrêter si vous ne désirez pas être vue.

– J'ai très faim moi aussi, avoua-t-elle, et je ne pense pas que l'on me reconnaisse à Little Ponders End. Je n'y suis allée qu'une fois, un jour de chasse.

Elle réfléchit un instant.

– Si je remplace mon chapeau par une écharpe, vous pourrez me présenter comme une personne du village qui vous a demandé de l'emmener?

– C'est une bonne idée, miss Diona, approuva Ted, et si vous restez assise à l'extérieur, je me chargerai de vous apporter le pain et le fromage. L'aubergiste est un homme très âgé et à moitié aveugle qui ne se montrera pas curieux.

Les maisons de Little Ponders End se profilaient

déjà devant eux et Diona ôta son chapeau qu'elle dissimula sous le siège de la carriole. Dénouant son paquet, elle en sortit l'écharpe qu'elle avait emportée en prévision du froid. Il ne lui avait pas été possible d'emporter de manteau. Si sa situation ne lui permettait pas, l'hiver suivant, de s'en acheter un, elle n'aurait pour seule protection que le châle qui enveloppait son maigre bagage.

L'écharpe, en soie bleu pâle, ne paraissait pas trop coûteuse à première vue, bien qu'elle eût appartenu à sa mère. Elle la noua sur ses cheveux, espérant qu'elle avait ainsi tout à fait l'air d'une jeune villageoise, anxieuse de se protéger du soleil.

Ils ne furent accueillis sur la place du village que par deux ânes fatigués et quelques canards barbotant sur la mare. Ted n'eut pas besoin d'attacher son cheval qui se mit à brouter paisiblement, et ils se dirigèrent vers le *Green Man*.

Le banc de bois traditionnel, qui serait en fin d'après-midi occupé par les vieillards du village, était à présent désert. Tandis que Diona s'installait, Ted pénétra dans l'auberge. Il en ressortit quelques instants plus tard avec dans chaque main une assiette contenant du fromage et un quignon de pain.

Il n'y avait pas de beurre mais, lorsque Diona dégusta le pain croustillant et le fromage délicieux, elle se dit que jamais repas ne lui avait semblé si savoureux.

Ted était retourné à l'intérieur et revint cette fois muni de deux chopes, l'une remplie de cidre pour la jeune fille, et l'autre de bière.

D'un accord tacite, et pour éviter d'attirer l'attention ils s'efforcèrent de manger rapidement. Lorsque Ted entra de nouveau dans l'auberge, ce fut

28

pour régler le prix du repas et Diona, pendant ce temps, retourna avec Sirius s'installer dans la carriole. Ted les trouva prêts à repartir.

Tandis qu'ils s'éloignaient, Diona demanda :

– Vous me direz combien je vous dois, Ted.

– Je vous en prie, miss Diona, laissez-moi vous inviter. Si vous vous enfuyez, vous allez avoir besoin du moindre penny, pour vous et votre chien.

– Je ne peux pas vous laisser payer pour moi!

– Vous me rembourserez quand vous aurez fait fortune, fit Ted en souriant, et j'espère que ça ne tardera pas!

– Puissiez-vous dire vrai! répondit-elle en soupirant.

Plus ils approchaient du but de leur voyage, plus Diona songeait, pleine d'appréhension, à l'incertitude totale de son avenir. Puis elle se gourmanda intérieurement. Quelle perspective, en effet, pourrait se révéler pire que celle de voir l'intendant de son oncle, un homme détestable, tuer Sirius. « Quelles que soient les difficultés que je rencontrerai, se dit-elle, non seulement je serai avec Sirius, mais je sais que papa veillera sur nous. »

Son père détestait toute forme de cruauté. Chaque fois qu'il lui avait fallu faire abattre un cheval à cause de son grand âge ou d'une maladie il en avait été bouleversé. Le seul fait que son frère aîné eût pensé à se débarrasser de Sirius l'aurait révolté.

« Oui, papa veillera sur moi », se répéta-t-elle, constatant malgré tout que plus elle s'éloignait de la maison, plus elle se sentait effrayée. Pour la première fois depuis son départ, elle prenait tout à coup conscience de l'étendue de son inexpérience et se sentait prise de vertige devant l'inconnu qui l'attendait.

Grâce à l'insistance de sa mère, elle avait reçu une excellente éducation, dispensée non seulement par une gouvernante à la retraite qui vivait dans le village voisin, mais aussi par le pasteur qui était un érudit en matière d'études classiques. Vieux célibataire, il s'était délecté à former le jeune esprit de Diona. Elle lui avait voué en retour une immense affection et l'avait considéré comme le grand-père qu'elle n'avait jamais eu. C'est vers lui qu'elle se serait tournée s'il avait encore été en vie, bien que son oncle eût alors pu faire valoir ses droits de tuteur pour l'obliger à revenir au manoir. « En fait, se dit-elle, je ne lui aurais causé que des ennuis. » La même chose se produirait si elle se réfugiait chez sa gouvernante ou son autre précepteur, ancien maître d'école. Celui-ci, qui avait une femme et des enfants, lui avait enseigné l'algèbre et la géométrie.

– Me faut-il vraiment apprendre toutes ces matières ennuyeuses, maman? avait-elle demandé un jour.

– C'est pour exercer ton intelligence sans relâche, ma chérie, avait répondu sa mère. Je tiens à ce que tu reçoives une excellente instruction. Ainsi, tu sauras toujours faire face à ce que la vie te réserve.

Au moment où elle avait entendu ces paroles, Diona n'en avait pas perçu la signification profonde. Mrs Grantley, en hommage à son propre père, qui avait été un homme d'une intelligence exceptionnelle chargé d'importantes fonctions aux Affaires étrangères, avait souhaité que sa propre enfant reçût l'instruction que l'on réservait en général aux garçons. La jeune fille n'avait compris tout cela que très peu de temps avant la mort de sa mère, lorsque celle-ci lui avait dit :

– J'ai longtemps regretté de ne pas avoir donné de fils à ton père, et voilà que tu lui es si précieuse, ma chérie, car bien que tu ne sois pas un garçon, il peut discuter de tout avec toi. Vous vous comprenez si bien.

Devant l'expression d'anxiété qui se dessinait sur le visage de Diona, elle avait ajouté :

– Papa est très fier d'avoir une fille ravissante, mais à un homme aussi brillant, la beauté ne suffit pas. Il lui faut quelqu'un capable de le stimuler, en lui soumettant des idées nouvelles, et de l'amuser comme si peu d'épouses savent le faire.

Elle avait semblé se parler à elle-même. Mais Diona l'avait embrassée en affirmant :

– J'ai toujours désiré que papa soit fier de moi. Mais cela n'est possible que parce que vous avez veillé à me faire donner tant de leçons dont certaines, je m'en souviens, me paraissaient si ardues !

– Tu en comprendras un jour le prix, tu verras, avait ajouté sa mère. Mon père disait toujours : « Tout finit par se révéler utile au moment où l'on s'y attend le moins, et rien de ce qui a la moindre valeur n'est jamais perdu. »

Diona avait senti que sa mère ne faisait alors pas allusion à des choses matérielles, et elle avait répondu :

– Quelle jolie pensée ! C'est comme si nous conservions, dans notre esprit, un trésor que nul ne pourrait nous dérober.

Sa mère avait éclaté de rire.

– C'est exactement ce que je voulais dire. Tu possèdes en toi, ma chérie, de nombreux trésors dont tu découvriras un jour, je l'espère, la valeur inestimable.

Se remémorant cette conversation, Diona se dit

amèrement que si elle était vouée à devenir, ainsi qu'elle le souhaitait, gardienne de chenil, son intelligence serait bien peu mise à l'épreuve. « Si j'étais plus âgée, raisonna-t-elle, je pourrais peut-être devenir conservateur d'une bibliothèque, mais qui a jamais entendu parler d'un conservateur avec un chien! »

À cette pensée, elle s'esclaffa.

– C'est agréable de vous entendre rire, miss Diona. Ça me fait penser à votre papa, qui avait le sens de l'humour en toutes circonstances.

– C'est vrai, Ted. Et comme je suis confrontée à de très gros ennuis, il ne me reste qu'à en rire et à espérer que tout s'arrangera.

– Je l'espère aussi, répondit Ted.

Elle songea qu'il ne se montrait pas très convaincu et sentit sa confiance fléchir. Soudain, le cheval, après avoir gravi une pente raide, atteignit le sommet de la colline. Tournant la tête vers la gauche, Diona vit se profiler contre le ciel la silhouette massive et imposante d'un manoir. Glorifié par le soleil éclatant, il apparut à la jeune fille si magnifique qu'elle s'exclama involontairement :

– Quelle splendeur! A qui appartient cette demeure?

– C'est celle de Sa Seigneurie! répondit Ted, et la ferme où nous allons se trouve de l'autre côté de la vallée.

Diona resta un instant silencieuse. Puis comme mue par une impulsion irrésistible, elle déclara :

– Je vais au manoir. C'est là-bas, je le sens, que je trouverai de l'aide!

Ted se tourna vers Diona, l'air effaré. Il hésita un instant, puis se décida à donner son avis.

– Ne faites pas cela, miss Diona. Je vois que Sa

Seigneurie est rentrée à Irchester Park; sauf votre respect, je pense qu'il vaudrait mieux m'accompagner à la ferme...

Mais Diona secoua la tête.

– Non, Ted. Je tiens d'abord à aller au manoir. Je sens que c'est ce que je dois faire.

Sans qu'elle pût se l'expliquer, son instinct lui disait que pour sauver Sirius elle devait se rendre là-bas, et nulle part ailleurs.

Tandis que le cheval poursuivait paisiblement son chemin, elle ajouta :

– Ted, je veux que vous me promettiez de ne révéler à personne où je me trouve. Si oncle Hereward a le moindre soupçon, il viendra me rechercher et fera abattre Sirius.

– Vous savez bien que vous pouvez me faire confiance, miss Diona.

– Bien sûr, et je vous en suis infiniment reconnaissante.

Son compagnon garda un long moment le silence.

– Si vous avez des ennuis et que vous avez besoin de moi, prononça-t-il enfin, comme avec effort, dites à Burrows, le fermier du château, de m'envoyer chercher. Il saura où je me trouve et je viendrai aussi vite que je pourrai.

– Merci, Ted, vous avez été très gentil.

Le roulier arrêta son cheval devant un chemin herbeux qui conduisait à la ferme. Diona sauta légèrement à terre, imitée par Sirius, et prit le ballot que lui tendait Ted.

– Prenez soin de vous, miss Diona, insista-t-il. Et n'oubliez pas que je viendrai au premier signe de votre part.

– Je m'en souviendrai. Merci encore, Ted.

Elle tourna le dos à la carriole et s'éloigna, sentant le regard anxieux du vieil homme posé sur elle.

Bientôt elle atteignit un pont de pierre grise qui enjambait la rivière et s'immobilisa. Demander une entrevue au marquis, chargée du châle de soie qui contenait tout son bien, semblerait pour le moins curieux. Elle se résigna donc à dissimuler son maigre bagage dans le creux d'un buisson épais. Il était peu probable que quiconque eût l'occasion de le remarquer et de s'en emparer avant qu'elle ne revînt.

Sirius sur ses talons, elle poursuivit son chemin avec l'étrange sensation que mille papillons voletaient dans sa poitrine. Bien qu'elle se sentît proprement terrifiée, sa seule chance n'était-elle pas de retourner plaider la cause de son chien auprès de son oncle, une fois de plus? Et ne savait-elle pas déjà que cette démarche serait vaine? Mieux valait frotter le sol à genoux que perdre son unique compagnon. « Je ferai clairement comprendre que je suis prête à faire n'importe quoi, résolut-elle. Il est toutefois certain que je pourrais surtout me rendre utile au chenil. »

En arrivant devant l'imposant manoir, il lui fallut cependant rassembler tout son courage pour franchir les quelques marches du perron principal. Un laquais qui avait probablement entendu le bruit de ses pas ou l'avait aperçue par la fenêtre, ouvrit la porte sans qu'elle eût besoin de frapper.

– Je désire voir le marquis d'Irchester! déclarat-elle en s'efforçant de reproduire le ton que sa mère aurait adopté en de pareilles circonstances.

Le laquais ne répondit pas mais se tourna vers un majordome qui venait de faire son apparition. Tandis que ce dernier s'avançait, Diona songea qu'il ressemblait davantage, avec sa chevelure grise, à un évêque qu'à un serviteur.

– Vous demandez à voir Sa Seigneurie, miss? s'enquit-il d'une voix quelque peu pontificale.

– Oui, je souhaiterais le voir au plus vite.

Cette requête sembla tout à coup poser de multiples difficultés et une discussion s'éleva entre la jeune fille et son interlocuteur, en premier lieu parce que Diona refusait avec obstination de révéler son identité et ensuite parce que le majordome décrétait, non moins inflexiblement, qu'il ne pouvait être question de déranger Sa Seigneurie sans le moindre motif digne de ce nom. Déterminée à rencontrer la seule personne susceptible, selon elle, de l'aider quels que fussent les obstacles à franchir, la jeune fille refusa de se laisser ébranler et le serviteur, vaincu par ses arguments, s'éloigna en la priant de patienter dans le hall.

2

Le marquis d'Irchester était rentré la veille au manoir sans annoncer son retour. Grâce à son sens parfait de l'organisation, qui ne se démentait dans aucun domaine, il avait trouvé chaque serviteur à son poste et son chef cuisinier s'était une fois de plus surpassé en lui présentant, une heure à peine après son arrivée, un excellent dîner.

Il n'avait pas eu de prime abord l'intention de retourner sur ses terres dès le début du déclin de la saison londonienne. Simplement, il avait appris tout à fait par hasard, deux jours auparavant, que le régent dressait déjà la liste des personnalités qui l'accompagneraient à Brighton et savait que le prince compterait sur sa présence. Or, il fallait reconnaître que, l'année précédente, il s'était ennuyé profondément à Brighton.

Même s'il louait une maison particulière, évitant ainsi de s'installer au pavillon royal, il lui faudrait malgré tout passer chez le prince le plus clair de son temps, assister à des concerts médiocres et s'entretenir inlassablement avec les interlocuteurs qui étaient les siens depuis deux mois déjà. Les interminables dîners de Carlton House seraient là-bas immanquablement reproduits; et le remarquable maître queux du prince s'évertuerait à surclasser tous les autres chefs de la région en élaborant des mets plus variés et des entrées plus nombreuses de jour en jour.

A cette perspective, une sensation de lassitude et d'écœurement s'était emparée du marquis. Bien qu'il eût beaucoup d'estime pour le régent et que leur amour commun pour la peinture et les meubles anciens, non partagé par le reste de la cour, établît entre eux un lien solide, il s'était dit qu'il en avait assez.

Il existait aussi une autre raison à son départ précipité. Depuis la fin de la guerre, ses aventures sentimentales suscitaient régulièrement bien des commérages, mais il avait toujours fait preuve de prudence et de discrétion afin d'éviter qu'elles ne provoquent de scandale; il manifestait la même exigence au sujet de ses affaires de cœur, de la compétence de son personnel ou de la perfection de ses chevaux. Pourtant, ses relations avec les ravissantes jeunes femmes qui étaient attirées à la fois par sa séduction, sa distinction et sa richesse le conduisaient inéluctablement au bord d'une situation qu'il désirait éviter à tout prix.

Après s'être brillamment illustré au combat, dans l'armée de Wellington, il avait pris une part importante aux opérations de nettoyage et avait été nommé chef de l'armée d'occupation. Lorsqu'il était enfin rentré chez lui il avait éprouvé le besoin, comme beaucoup de ses compagnons, de rattraper toutes ces années perdues au cours desquelles il n'avait été animé que par une seule préoccupation : rester en vie.

Londres offrait alors toutes les formes de distraction et de plaisir possibles et après les privations de la guerre, les mets de choix, les vins délicats et bien entendu les jolies femmes présentaient un attrait irrésistible.

Le marquis avait ouvert Irchester House, dans Park Lane, et avait entrepris d'y donner de somptueuses réceptions que seules égalaient celles organisées par le régent à Carlton House. Mais, parce qu'il se montrait plus exigeant que ce dernier dans la sélection de ses invités, le fait de recevoir une carte d'invitation gravée à son chiffre était devenu un honneur que même les beautés les plus adulées de la haute société se disputaient âprement. Les mères ayant une fille en âge d'être mariée avaient rapidement compris qu'il leur fallait placer ailleurs leurs ambitions; le marquis se trouvait hors de leur atteinte et toute tentative pour le conquérir eût été peine perdue. En raison de son âge, probablement, ses préférences allaient aux femmes mariées, élégantes et sophistiquées, ou aux veuves d'officiers disparus à la guerre, dont lady Sybille Malden était sans conteste la plus éblouissante.

Fille d'un duc, elle avait fait un mariage regrettable à l'âge de dix-huit ans. Elle s'était éperdument éprise de Christopher Malden qu'elle avait trouvé fort séduisant dans son uniforme. Vêtu en civil, il avait perdu tout son charme aux yeux de sa jeune épouse et, avant même qu'il ne fût tué à la bataille de Waterloo, leur union avait été considérée comme un échec.

A vingt-trois ans, lady Sybille, alors pleinement consciente de sa beauté, était apparue comme une étoile dans la haute société de Londres dès la fin de son année de deuil. Elle avait connu un succès immédiat dont elle avait su aussitôt tirer le meilleur parti. Son mariage ne lui avait laissé que des souvenirs désagréables ou plutôt une impression de profond ennui. Déterminée à ne convoler en secondes noces qu'après avoir goûté tous les agréments de sa situation de femme libre, elle avait donc choisi ses adorateurs parmi les personnalités de premier plan, tous possédant une fortune considérable et, pour la plupart, déjà mariés.

Quel que fût son comportement, aucune des grandes dames qui la recevaient n'eût osé fermer sa porte à la fille d'un duc. Par ailleurs, tous les hommes, éblouis par son éclat, se montraient prêts à déposer leur âme à ses pieds, ainsi que leurs biens, qu'elle ne dédaignait pas. Son père avait peu d'argent et plusieurs fils à sa charge. Quant à Malden, il n'avait laissé qu'un revenu dérisoire en regard des désirs insatiables de sa femme.

Cela n'avait pas empêché lady Sybille de s'installer dans une grande maison près de Berkeley Square et de s'habiller chez les couturières les plus coûteuses de Bond Street. Lorsqu'elle traversait le parc dans son élégant attelage, elle attirait tous les regards.

Parvenue à sa vingt-huitième année, elle avait compris que sa beauté était à son zénith. Tous les artistes de renom célébraient ses charmes et la suppliaient humblement de les laisser exécuter son portrait. Comparée à l'Aphrodite, à la Simonetta de Botticelli ou aux délicieux modèles de Fragonard, elle n'oubliait pas cependant qu'il lui faudrait, dans un proche avenir, guetter l'apparition des premières rides au coin de ses yeux et des premiers cheveux gris dans sa chevelure blonde.

Elle avait fait la connaissance du marquis d'Irchester, six mois auparavant, et une décision était aussitôt née dans son esprit. Elle venait alors de rentrer d'un séjour de deux ans à l'étranger, ce qui expliquait que leurs chemins ne se fussent encore jamais croisés. Séduite par le prince d'un obscur petit pays des Balkans de passage à Londres, elle avait senti qu'il ne lui était pas possible d'afficher cette liaison aux yeux de tous ses admirateurs toujours prêts à dénigrer les étrangers, et s'était laissé emmener à Paris. La capitale française, qui se remettait de la guerre, était à cette époque l'une des villes les plus gaies d'Europe et le succès que lady Sybille y avait connu l'avait grisée, tel un vin capiteux. Toutefois, sa passion pour le prince commençant à s'atténuer, elle avait décidé de retourner chez elle.

Son arrivée avait été célébrée de la façon la plus flatteuse car, dès le premier soir, elle s'était rendue à un bal, à Devonshire House, et y avait rencontré le marquis. Elle avait bien sûr entendu parler de lui mais le fait qu'elle s'intéressât à d'autres hommes, et lui à d'autres femmes, les avait aussi, jusqu'alors tenus éloignés l'un de l'autre. Elle l'avait observé un moment, à l'autre extrémité du salon où les invités s'étaient rassemblés avant de pénétrer dans la salle de bal, et avait demandé au duc d'effectuer les présentations.

Au cours des deux mois suivants, le marquis avait peu à peu compris – cette sensation ne lui étant pas inconnue – que la jeune femme s'évertuait à le séduire, bien que cela eût probablement échappé à quelqu'un de moins perspicace. Il ne se faisait aucune illusion sur les coïncidences remarquables qui amenaient, de réception en réception, lady Sybille à ses côtés : qu'il se promenât à cheval dans le parc ou se rendît à une urgente invitation du régent, la jeune femme se trouvait là, elle aussi.

Tout d'abord il ne s'était pas montré particulièrement intéressé. Elle était ravissante, sans aucun doute, mais il n'accordait pas aisément ses faveurs et se trouvait à ce moment-là occupé à poursuivre de ses assiduités la très séduisante jeune épouse d'un diplomate hongrois. « Poursuivre » était d'ailleurs le mot qui convenait, car le marquis aimait à se considérer, en l'occurrence, comme un chasseur, non une proie.

Cette satisfaction lui était hélas fréquemment refusée : la majorité des femmes qu'il fréquentait se jetaient à sa tête sans retenue, avec des intentions si peu équivoques qu'il se demandait souvent pourquoi aucun de ces fronts charmants et sereins ne recelait jamais la moindre pensée originale. Finalement, aiguillonné peut-être par la jalousie évidente de ses amis, il avait cédé à l'adulation de lady Sybille.

Il n'avait eu tout d'abord aucune raison de le regretter. Semblable à une déesse tout juste descendue de l'Olympe, la jeune femme savait néanmoins inspirer une passion sensuelle et entretenir, chez l'homme sur lequel elle avait jeté son dévolu, un désir fiévreux. Puis, petit à petit, s'était insinuée dans l'esprit du marquis la pensée que lady Sybille attendait de lui beaucoup plus qu'une liaison passagère. Or, quelque délicieuse que fût leur association, il s'était dit avec cynisme, dès le départ, qu'elle ne durerait pas beaucoup plus longtemps que toutes celles qui l'avaient distrait depuis la fin de la guerre.

Sybille ne s'était pas trahie par des paroles, elle était beaucoup trop intelligente pour cela ; mais le marquis possédait une intuition qui lui avait été fort utile à la tête de ses troupes et lui permettait une rare pénétration du cerveau féminin. Stupéfait, car cette idée ne l'avait jamais effleuré auparavant, il avait brusquement compris que lady Sybille désirait se faire épouser.

Il savait, bien sûr, qu'il lui faudrait un jour se marier. Les membres de sa famille, lorsqu'ils avaient un jour rassemblé assez de courage pour aborder ce sujet en sa présence, avaient clairement exprimé leur opinion : il était de son devoir d'engendrer un héritier. En fait, plusieurs fils lui seraient nécessaires pour assurer à la fois la transmission du titre, très ancien, et la préservation de la propriété. Il se trouvait simplement qu'il n'avait aucune intention de « se ranger », selon l'expression consacrée. Ses longues années de vie militaire l'avaient terriblement mûri. Il se sentait beaucoup plus vieux qu'il n'était en réalité et n'aspirait qu'à reconquérir sa jeunesse perdue ainsi que le sentiment d'être à nouveau son propre maître, oublié par tout officier ayant servi sous Wellington. « Je me marierai lorsque le moment sera venu, se disait-il, mais nul ne m'y forcera ! »

A son retour de l'armée, il avait constaté qu'une immense tâche l'attendait sur ses terres. Son père était mort trois ans avant qu'il ne fût libéré et, en raison de son âge avancé, avait au cours de ses dernières années négligé un grand nombre de responsabilités. Il avait en outre mal choisi ses collaborateurs. Le marquis s'était alors consacré avec un plaisir sans mélange à rétablir dans ses affaires l'ordre parfait qui le caractérisait en tout. Lorsqu'il s'était enfin estimé satisfait, il avait découvert les joies du divertissement incessant. Il cherchait avant tout à se distraire, non à s'encombrer des chaînes du mariage qui aboutiraient, il en était sûr, à l'inévitable ennui de se trouver lié à jamais à une femme ravissante, certes, mais probablement dotée d'une cervelle de la taille d'un petit pois.

Il s'était un jour ouvert de ses préoccupations auprès d'un de ses amis les plus intimes, alors qu'ils buvaient un verre au *White Club*.

– Comment se fait-il que la majorité des femmes auxquelles nous consacrons une grande partie de notre temps reçoivent une éducation si rudimentaire, qu'il n'est possible de s'entretenir avec elles que d'un seul sujet ?

Son compagnon, qui avait appartenu au même régiment, s'était esclaffé :

– Tu sais aussi bien que moi, Lenox, que tout gentleman anglais qui se respecte consacre le plus d'argent possible à l'éducation de ses fils, tandis que ses filles sont élevées tant bien que mal dans une salle d'études, par une gouvernante faible d'esprit, totalement incompétente à leur enseigner tout ce qu'elles devraient savoir !

– Tu dois avoir raison, avait répondu le marquis d'un air songeur.

Tandis qu'il avait été envoyé à Eton et à Oxford, ses sœurs, il s'en souvenait, étaient restées à la maison, avec pour seule compagnie de petites femmes insignifiantes dont il ne pouvait même pas se remémorer le visage.

– Voilà sans doute pourquoi les étrangères sont en général beaucoup plus évoluées, avait-il dit après un long moment.

– Je ne peux pas dire que j'attache une importance capitale à l'intelligence d'une femme, avait répliqué son ami. Si elle est suffisamment jolie, mon seul désir est de lui faire la cour ; dans le cas contraire, je l'ignore, tout simplement !

Le marquis avait ri, mais s'était surpris à évoquer les conversations plutôt banales qu'il avait avec lady Sybille, dans les rares moments où il ne la courtisait pas.

L'avant-veille au soir, à Carlton House, il l'avait vue engagée dans une conversation avec le prince, et leur apparente complicité, sans qu'il pût définir pourquoi, avait éveillé sa méfiance. Bien qu'il n'ait pu entendre leur entretien, il avait eu la conviction d'en être le sujet, et avait senti leurs regards se tourner tout naturellement de son côté. Puis le prince s'était levé pour accueillir de nouveaux arrivants et lady Sybille avait soudain pris l'expression d'un chat qui vient de laper un bol de crème.

A ce moment précis, son instinct lui avait soufflé que les intentions de la jeune femme avaient pour lui un caractère menaçant et il s'était rapidement dirigé vers un ambassadeur qui avait fait partie des convives du dîner. Il était déterminé à découvrir ce qui se tramait avant de se trouver impliqué dans une situation par trop déplaisante. Son interlocuteur lui avait innocemment livré la clef de l'énigme :

– Il semble, my lord, que cette réception soit la dernière que nous devions apprécier dans cette ravissante demeure, avant le départ de Son Altesse Royale pour Brighton ?

– C'est probable, en effet, avait acquiescé le marquis.

– Ma femme et moi-même avons été invités à séjourner au pavillon royal, avait poursuivi l'ambassadeur avec une nuance de satisfaction dans la voix, et nous nous réjouissons de vous y retrouver avec lady Sybille. Son Altesse Royale nous a laissé entendre que vous seriez ses hôtes.

Le marquis avait jeté un coup d'œil perçant à son

interlocuteur, intrigué par ses propos. Le vieux diplomate avait repris, en agitant son index d'un air taquin :

– Ma femme m'a révélé votre petit secret, mais je vous promets que je suis d'une discrétion à toute épreuve. Permettez-moi simplement de vous dire que je suis un fervent admirateur de lady Sybille.

Le marquis n'eût pas été plus stupéfait en sentant un abîme s'ouvrir sous ses pieds. Il voyait maintenant où lady Sybille voulait en venir et se maudissait d'avoir à ce point manqué de clairvoyance. Elle se servait d'une arme qu'un grand nombre de femmes avaient utilisée avant elle : « l'opinion publique ». Dans ce cas précis, elle avait entrepris de frapper au sommet et d'user de l'entourage du régent, sans oublier le prince lui-même.

Le marquis avait déjà vu se produire un cas semblable. Un de ses amis, habilement conduit par une jeune femme à demander sa main, avait eu au moment de se déclarer un sursaut d'hésitation trop tardif : il avait été contraint au mariage non par la jeune femme elle-même, mais par tout son entourage.

Choisissant un moment où son hôte se trouvait accaparé par ses invités, le marquis prit rapidement congé et s'éclipsa à l'insu de lady Sybille. Durant le trajet de retour à Park Lane, il décida de la conduite à tenir avec la détermination inexorable qu'il aurait vouée à la préparation d'un assaut contre les Français.

En premier lieu, il lui fallait quitter Londres pour la campagne. Aussitôt arrivé à Irchester House, il donna des instructions à son personnel, se rendit dans son bureau et fit appeler son secrétaire qui s'était déjà retiré pour la nuit. Il s'assit ensuite à sa table de travail et rédigea une courte note à l'intention du prince, le remerciant pour son hospitalité et lui apprenant qu'il devait partir sur-le-champ pour une affaire de famille. Il n'écrivit pas à lady Sybille et se dit avec un soupçon de cruauté qu'elle méritait de se tourmenter un peu, en s'interrogeant à la fois sur ce qui avait bien pu se passer, et sur l'incertitude de son avenir.

Le lendemain matin, aussitôt après le petit déjeuner, il se mit en route pour Irchester Park, précipitant son allure comme un renard traqué par une meute. Mais dès qu'il posa le pied à terre, la beauté de son domaine et sa sereine dignité firent naître en lui un profond sentiment de paix.

– Votre Seigneurie attend-elle de la visite? demanda respectueusement son majordome.

– Pas pour le moment, Dawson. Il y a beaucoup à faire ici et il me faut un calme parfait.

– Votre Seigneurie le trouvera à Irchester Park. Nous nous réjouissons de votre retour, my lord.

Le marquis ne fut pas insensible au ton de sincérité du serviteur, mais sitôt seul il se mit à réfléchir à sa présente situation et redevint la proie de pensées cyniques. Au cours de l'année qui venait de s'écouler, il se l'avouait sans ambages, il s'était de plus en plus lassé du *beau monde* [1] qui, tel un vieil orgue de Barbarie, ne changeait jamais son sempiternel refrain. Toujours les mêmes bals, les mêmes réceptions, les mêmes réunions, les mêmes soirées à Carlton House, au Vauxhall, au Ranelagh et, inévitablement, les mêmes femmes. Ravissantes, sophistiquées, élégantes et désirables, elles se révélaient immanquablement vaines, égoïstes, intéressées et

1. En français dans le texte.

terriblement stupides, sauf lorsque leurs propres intérêts étaient en jeu.

– Qu'est-ce que je veux vraiment? Qu'est-ce que je cherche? se répétait le marquis, interrogeant désespérément le silence.

Il se dit que les émotions fortes de la guerre, la stimulation du danger, l'attention constante que ses troupes avaient réclamée lui manquaient peut-être. Du moins, existait-il alors un but à atteindre, brillant dans le ciel comme l'étoile du berger : la victoire. La guerre avait été gagnée mais la paix, il devait l'admettre, se révélait pour lui décevante.

– Qu'est-ce que je cherche?

Lancinante, cette question ne cessa de hanter son esprit tandis qu'il dînait seul; elle ne le quitta pas lorsqu'il sortit ensuite sur la terrasse afin d'admirer les dernières lueurs du soleil couchant derrière les chênes séculaires. Les étoiles apparaissaient une à une et la nouvelle lune commençait à se dessiner dans la lumière opaque du crépuscule.

Derrière lui se dressait le manoir ancestral dont les fondations remontaient à cinq cents ans, mais dont le corps de bâtiment avait été entièrement reconstruit par son arrière-grand-père au début du siècle précédent. Dans cette demeure, exemple le plus pur du style géorgien, chacune des pièces de réception était une merveille d'harmonie et offrait aux regards des tableaux qui faisaient l'envie du prince régent et de tout amateur d'art.

Au-delà des jardins auxquels le marquis avait rendu leur dessin original, s'étendaient des bois immenses où il pouvait s'adonner au sport en automne. L'étendue de ses terres lui permettait de pratiquer la chasse à courre sur des centaines d'hectares, et de monter les splendides chevaux dont il avait rempli ses écuries depuis son retour de France. Dans la vallée, une zone marécageuse peuplée de bécassines et de canards constituait un véritable paradis pour les chasseurs.

– Il ne me manque absolument rien. Que pourrais-je donc désirer de plus?

Bien qu'il ne pût définir la nature de son insatisfaction, elle était pourtant bien réelle. Et son instinct lui disait qu'elle touchait à quelque chose d'essentiel.

Agacé par sa propre nervosité, il décida de se coucher tôt. Lorsqu'il fut étendu dans la somptueuse chambre d'apparat, sur le majestueux lit à baldaquin qui avait vu naître et s'éteindre la plupart de ses ancêtres, il ne put que poursuivre sa méditation. Il avait toujours été convaincu qu'il se suffisait à lui-même, et son expérience dans l'armée avait confirmé à ses propres yeux qu'il possédait le don de diriger. Une femme qui n'était pas anglaise l'avait comparé un jour à Alexandre le Grand, et il se demanda s'il ne s'était pas, malgré lui, modelé sur l'un des hommes les plus remarquables que le monde ait jamais connu. Alexandre le Grand avait non seulement été un grand soldat, mais un intellectuel, un visionnaire, un être toujours insatisfait, sans cesse en quête de l'inaccessible. « N'est-ce pas exactement ce que je fais? », se dit le marquis. Il n'en retirait, en tout cas, ni satisfaction ni bonheur. Le bonheur, pour lui, n'existait qu'à travers le besoin de lutter et le désir de vaincre. Là seulement pouvait s'accomplir son destin. Le seul problème était qu'en temps de guerre, il savait exactement ce que signifiait la victoire; en temps de paix, il ne parvenait pas à la définir.

Le marquis se leva le matin suivant avec à la fois un sentiment de cynisme accru et la tentation de rire de lui-même.

Il choisit pour sa promenade à cheval son étalon le plus fougueux et le plus opiniâtre et put oublier un moment tout ce qui n'était pas la lutte éternelle entre l'homme et l'animal, et la joie de vaincre. Puis il déjeuna seul et s'occupa l'esprit en dressant mentalement la liste des personnes qu'il pourrait inviter à séjourner chez lui. Deux ou trois de ses amis dont il appréciait particulièrement la compagnie se rendraient avec empressement à Irchester Park s'il les en priait. Mais peut-être un groupe uniquement masculin leur semblerait-il ennuyeux? Il fallait donc également ajouter à cette liste quelques noms de femmes.

Chaque fois que le marquis se trouvait engagé dans une liaison passionnée, les autres femmes devenaient à ses yeux ternes et insignifiantes. Il ne pouvait décemment pas proposer à celles qu'il avait courtisées avant de rencontrer lady Sybille de venir s'installer au manoir. En outre, se remémorant de précédentes expériences il devinait qu'elles éprouvaient sans doute encore quelque rancœur à son égard, et qu'il aurait probablement à racheter au prix de force compliments le fait de les avoir délaissées. « Nom de nom! proféra-t-il intérieurement, au diable les femmes et leurs complications! Je puis fort bien me passer d'elles pour l'instant! »

Depuis son retour de l'armée, il n'avait pas cédé à l'habitude en vogue parmi ses contemporains d'installer une maîtresse dans une maison de Chelsea. Il avait bien envisagé quelque temps d'entretenir une petite danseuse de Covent Garden particulièrement séduisante, mais sur le point de formuler sa proposition, il s'était brusquement rendu compte qu'il ne supportait pas son accent vulgaire. Très exigeant et raffiné, le marquis attachait énormément d'importance à ce qui pouvait sembler des vétilles et bien souvent, si puissant que fût le charme d'une femme, il se trouvait soudain gêné par un détail infime qui le poussait à s'éloigner d'elle. Ses amis avaient peine à comprendre qu'il se montrât si difficile à contenter, et la discrétion qu'il maintenait autour de sa vie sentimentale les amenait simplement à penser qu'il savait garder un secret beaucoup mieux que la plupart d'entre eux. Ils ne doutaient pas en effet qu'il protégeât plusieurs créatures légères, et sût pourtant s'octroyer ce qu'ils désignaient par « les fruits les plus savoureux de l'arbre », entendant par là les beautés les plus éminentes de la haute société, telles que lady Sybille.

– Que me manque-t-il? se demanda le marquis pour la centième fois.

Dans l'impossibilité de trouver une réponse, il fit seller un autre cheval et s'appliqua à épuiser de nouveau son énergie dans un exercice intense. Il rentra vers quatre heures, ayant à peu près reconquis sa paix intérieure et aspirant à se détendre dans la bibliothèque où il se tenait en général, lorsqu'il était seul, afin d'y lire les journaux.

Ceux du jour venaient d'arriver. Un seul coup d'œil sur les gros titres suffit à le convaincre que rien de capital ne s'était produit depuis qu'il avait quitté Londres. Au moment où il allait plonger avec beaucoup plus d'intérêt dans la page des sports, la porte s'ouvrit et Dawson annonça :

– Mister Roderic Nairn, my lord.

Le marquis, levant les yeux, vit avec surprise son neveu, vêtu à la dernière mode, s'avancer précipitamment vers lui, la main tendue.

– Que fais-tu ici, Roderic?

– Seriez-vous surpris de me voir, oncle Lenox?

Le neveu du marquis, fils de sa sœur aînée, était à vingt-deux ans un jeune homme aimable et courtois. Il avait supplié sa mère, qui l'adorait et avait toujours cédé à toutes ses volontés depuis le jour de sa naissance, de le laisser séjourner à Londres pour se distraire; elle ne s'était inclinée qu'après avoir versé des torrents de larmes et imploré son frère de surveiller son cher trésor.

Lady Béatrice Nairn était veuve et son défunt mari, un Ecossais, lui avait laissé des propriétés à la fois immenses et improductives. Il lui était donc impossible de s'absenter pour parrainer les débuts de son fils dans la société londonienne et elle était convaincue qu'il hanterait les lieux de débauche et serait soumis, tel saint Antoine, à toutes les tentations.

Le marquis avait toutefois accueilli cette responsabilité imprévue avec flegme.

– Il doit vivre ses propres expériences, Béatrice, avait-il déclaré devant l'insistance de sa sœur pour qu'il protégeât Roderic de tout danger.

– Mais il est si jeune, Lenox, et si séduisant!

– C'est le cas d'un grand nombre d'autres jeunes gens, et il ne peut pas rester éternellement accroché à tes jupes!

– Je me fais tellement de souci pour lui! N'oublie pas qu'il n'a pas de père vers qui se tourner au cas où il aurait des ennuis...

– Il n'y a aucune raison pour qu'il ait des ennuis, avait dit le marquis avec agacement, et s'il en a, je m'en occuperai.

– Voilà ce que je désirais entendre! s'était écriée lady Béatrice. Roderic n'a pas ta force de caractère, ou plutôt, si tu me pardonnes cette expression, ton côté impitoyable. S'il rencontre une femme perfide ou intrigante, j'ai bien peur qu'elle ne l'entortille autour de son petit doigt!

Le marquis avait parfaitement compris ce que sa sœur voulait dire, mais pensait qu'elle s'inquiétait exagérément. Il était permis à Roderic, comme à tout jeune homme de son âge, de faire quelques frasques. Aussi s'était-il abstenu de donner le moindre conseil à son neveu; il s'était contenté de lui rappeler qu'il serait là en cas de besoin.

Il n'avait pas été surpris, l'année suivante, d'avoir à honorer les dettes du jeune homme, qu'il avait d'ailleurs, à part lui, trouvées beaucoup moins élevées que prévu. Devant cette attitude compréhensive, Roderic, qui s'était tout d'abord montré fort impressionné par cet oncle distingué, avait fini par le traiter en ami et par se confier à lui avec une franchise accrue. Le marquis connaissait parfaitement la nature humaine et savait qu'il s'agissait là du meilleur moyen de s'assurer que son neveu n'eût aucun ennui sérieux sans qu'il en fût averti. Bien qu'il le considérât comme un jeune homme plutôt candide, d'intelligence moyenne, il eût été heureux de le voir servir sous ses ordres dans l'armée.

Se dirigeant vers le fauteuil où son oncle était installé, Roderic s'écria :

– J'ai un problème, oncle Lenox, et il fallait absolument que je vous voie!

– Comment es-tu venu ici? demanda le marquis.

Roderic marqua un temps d'hésitation.

– Dans votre phaéton, attelé à vos chevaux, dit-il enfin.

Le marquis serra les lèvres et demanda d'une voix coupante :

– Tu ne l'as pas conduit toi-même?

– Non, j'aurais bien voulu, mais Sam s'y est opposé.

Son oncle se détendit. Sam, responsable de ses écuries à Londres, conduisait remarquablement.

– Je t'écoute, dit le marquis, laissant entendre qu'il s'agissait d'une question.

– J'ignorais que vous deviez quitter Londres et, lorsque je me suis rendu à Irchester House, Mr Swaythling m'a dit que vous étiez ici. Je lui ai répondu qu'il fallait que je vous voie tout de suite.

– Il a donc demandé à Sam de te conduire ici?

– Oui, et j'espérais que nous arriverions à battre votre record.

– Combien de temps avez-vous mis?

– Trois heures quarante cinq.

Une lueur d'amusement s'alluma dans les yeux du marquis.

– C'est dix minutes de trop.

– C'est ce que Sam m'a dit, et j'ai été très déçu!

– Je suis heureux d'apprendre que je suis toujours au meilleur de ma forme! fit son oncle d'un ton satisfait.

– Comment pourrait-il en être autrement?

– Peut-être serait-il temps de m'expliquer ton départ précipité de Londres? As-tu fait de nouvelles dettes?

– Non, non! s'exclama Roderic précipitamment. Cette fois, il ne s'agit pas d'argent!

Le marquis posa sur son neveu un regard aigu.

– Il s'agit d'un pari dans lequel je me suis engagé au *White Club*, dit Roderic après une légère pause.

54

– Un pari?

– Que je tiens absolument à gagner, et je ne vois que vous qui puissiez m'y aider!

Le marquis s'installa plus confortablement dans son fauteuil.

– Et si tu commençais par le début?

– Cela s'est produit hier, après le déjeuner. Nous avions beaucoup bu.

– Qui cela, « nous »? interrompit son oncle.

– Oh! mes amis habituels, vous les connaissez tous : Edward, George, Billy et Stephen.

Le marquis hocha la tête affirmativement. Tous ces jeunes aristocrates étaient allés à Eton avec son neveu et, bien qu'il leur trouvât personnellement un penchant un peu trop prononcé pour la boisson et une fâcheuse tendance à l'oisiveté, il savait qu'ils étaient tous très convenables et incarnaient le type de fréquentations saines que sa sœur souhaitait pour son fils.

– Nous étions en train de rire et de discuter, poursuivit Roderic, lorsque sir Mortimer Watson nous a rejoints.

Le marquis fronça les sourcils.

Il savait beaucoup de choses à propos de sir Mortimer Watson, et aucune d'entre elles n'était à l'avantage de ce dernier. Il s'était donc toujours efforcé de l'éviter, bien qu'ils fussent tous deux des habitués des courses de chevaux mais, par un hasard malencontreux, sir Mortimer avait été élu membre du *White Club*. Quelques histoires déplaisantes avaient circulé à son sujet, que le marquis n'avait pas daigné écouter. Il avait cependant remarqué que la plupart des hommes qu'il estimait s'écartaient du chemin de cet individu qui semblait particulièrement néfaste aux jeunes gens. « Ce porc de Watson se dirige vers la salle de jeu pour plumer un autre jeune poulet », avait-il entendu dire par un membre du club la dernière fois qu'il s'y trouvait. Il avait rangé cette information dans un coin de son esprit comme un mauvais point supplémentaire à l'actif de cet homme, pour qui il éprouvait déjà une profonde aversion.

– Il nous a offert un verre, disait Roderic et je ne sais pas comment cela s'est produit, mais nous nous sommes retrouvés à débattre de la question suivante : les jeunes courtisanes anglaises sont-elles plus jolies que les étrangères?

Il s'interrompit un instant puis reprit :

– Sir Mortimer affirmait que les étrangères sont non seulement plus jolies mais aussi des comédiennes remarquables, tout à fait capables de se faire passer pour des femmes infiniment plus distinguées qu'elles ne le sont en réalité.

En son for intérieur, le marquis n'était pas loin d'approuver sir Mortimer sur ce point.

– Puis Edward, qui n'aime pas sir Mortimer, a commencé à le contredire en affirmant que non seulement les étrangères paraissaient toutes sortir du ruisseau lorsque l'on regardait sous le vernis qui était le leur, mais que les femmes anglaises étaient instinctivement plus raffinées et distinguées.

Le marquis se souvenait que le jeune Edward en question était lord Somerford qui venait d'hériter du titre et d'une fortune.

– Bien sûr, la plupart d'entre nous étions du côté d'Edward, expliquait Roderic. Alors, sir Mortimer nous a parié mille livres en souverains qu'aucun d'entre nous ne serait capable de trouver une jeune Anglaise susceptible de rivaliser avec la jeune Française qu'il nous présenterait et qui est, selon lui, non seulement ravissante, mais pourrait passer n'importe où pour une lady. « Je n'ai jamais entendu de telles stupidités! lui a répondu Edward. Les fermières de mon père ont plus de distinction que toutes les étrangères que vous pourriez importer! »

Roderic esquissa un sourire.

– Nous nous sommes tous énervés, ajouta-t-il, et nous nous sommes mis d'accord, en fin de compte, pour rencontrer sir Mortimer dans une semaine et pour lui présenter ce jour-là une jeune femme anglaise, fermière ou courtisane, supérieure à la Française qu'il amènera lui-même.

Roderic se tut et regarda son oncle avec une légère anxiété.

– Et quelle somme avez-vous engagée dans le pari? interrogea le marquis.

– Nous avons versé chacun cent guinées, que nous perdrons bien entendu si les juges – sir Mortimer nous a affirmé qu'ils seraient impartiaux – choisissent la jeune Française.

Le marquis ne fut pas surpris en apprenant que Watson avait veillé à s'assurer cinq cents livres avant même que le marché ne fût tenu. C'était le genre d'action malhonnête que l'on pouvait attendre d'un homme de cet acabit, qui n'ignorait pas que cinq jeunes gens légèrement éméchés ne résisteraient en aucun cas à une provocation de ce genre.

– Eh bien, demanda le marquis, que comptes-tu faire à ce sujet?

– Mais c'est pour cela que je viens vous voir, oncle Lenox.

– Moi?

– Pour que vous me fournissiez une jeune fermière!

Le marquis éclata de rire.

– Mon garçon, il est temps que tu comprennes que l'on s'est joué de toi! Watson sait parfaitement qu'aucun de vous ne trouvera quelqu'un susceptible de rivaliser avec sa Française, et les fermières, si jolies qu'elles soient traditionnellement, ne le sont plus hors de leur environnement.

La mine de Roderic s'allongea.

– Tout ceci ne nous aide pas beaucoup, finit-il par dire, et aucun d'entre nous n'est disposé à laisser Watson s'en sortir de cette façon.

– Cela ne me plaît pas non plus, acquiesça le marquis. C'est un homme pour lequel j'ai la plus profonde antipathie et que je n'ai aucune envie de rencontrer.

– Il doit bien y avoir une solution, plaida Roderic. Edward est parti sur ses terres dans le Hertfordshire et les autres inspectent les bals. Mais si une inconnue parée de tous les charmes avait fait son apparition, nous le saurions déjà.

– Cela ne fait aucun doute.

– Que puis-je faire? demanda Roderic avec un accent de désespoir.

– Paie tes cent guinées et admets que tu as perdu!

Le jeune homme, qui s'était assis près de son oncle, se leva d'un bond.

– Il n'est pas question que je me laisse faire sans protester! proféra-t-il. Ce n'est pas la première fois que sir Mortimer se moque de moi!

– Vraiment?

– Je ne vous en ai jamais parlé mais il m'a entraîné un soir dans un pari stupide qui m'a coûté deux cents guinées. Je me suis réveillé le matin suivant avec un sentiment de honte. Un blanc-bec de la pire espèce ne se serait pas laissé attraper de la sorte!

— Cela aurait dû te servir de leçon, rétorqua le marquis, un homme comme Watson est toujours à l'affût de dupes susceptibles de lui faire gagner de l'argent. Il vient d'en donner un nouvel exemple.

— Je le comprends maintenant, mais je souhaiterais le prendre à son propre piège. Pourrais-je demain faire le tour de vos fermes, oncle Lenox? Supposons, supposons simplement que je trouve une fermière si jolie qu'elle laisse tout le monde bouche bée?

— J'en serais bouche bée le premier! laissa tomber le marquis. En fait, je qualifierais cela de vrai miracle.

— N'est-ce pas un miracle dont j'ai besoin? Je suis suffisamment optimiste pour croire qu'il peut se produire.

Le marquis se mit à rire.

— J'espère que ta foi envers la providence est justifiée. Je t'ai dit néanmoins que les fermières, si jolies fussent-elles à la campagne, perdent singulièrement de leur attrait en atteignant Piccadilly.

— Vous tentez délibérément d'entamer ma confiance, protesta Roderic. Savez-vous ce que Billy m'a dit avant mon départ?

— Non, mais je brûle de le savoir! répliqua le marquis complaisamment.

— Il a dit : « La seule personne qui puisse t'aider, Roderic, c'est ton oncle. »

— Pourquoi diable a-t-il dit une chose pareille?

— Il a ajouté : « S'il y a quelqu'un susceptible de remarquer une jolie femme et de ne pas la laisser échapper, c'est Irchester! »

— Merci. J'apprécie ce compliment, mais je t'assure, Roderic, que les femmes dont il est question ne sont ni des fermières ni des courtisanes, comme tu les appelles.

– Mais alors, comment m'en sortir? dit Roderic en soupirant.

Alors que le marquis s'efforçait de trouver une réponse satisfaisante, la porte de la bibliothèque s'ouvrit.

– Veuillez m'excuser, my lord, dit Dawson, mais il y a ici une jeune fille qui demande avec insistance à vous voir.

– Comment se nomme-t-elle? demanda le marquis.

– Elle a refusé de me le dire, my lord, mais elle insiste pour vous voir personnellement.

– Vous avez dit une « jeune fille », Dawson?

– Je suppose que je devrais dire une « jeune femme », my lord, car elle est seule, ou plutôt n'est accompagnée que d'un gros chien.

– Une jeune femme avec un chien et qui refuse de donner son nom? On dirait une de tes énigmes, Roderic.

Son neveu, qui regardait par la fenêtre avec une expression boudeuse, ne répondit pas.

– Voilà une bien étrange requête, Dawson, reprit le marquis. Et que fait le chien?

– J'ai suggéré que le chien reste dehors, my lord, mais elle m'a répondu : « Je tiens à ce que le chien reste avec moi car je voudrais que Sa Seigneurie le voie. »

– Je suppose qu'elle désire me le vendre, dit le marquis sèchement. Eh bien, vous pouvez lui dire que je possède suffisamment de chiens pour le moment, et n'ai aucune intention d'en acheter d'autres.

Il s'attendait à ce que Dawson se retire, mais le serviteur hésita.

– Si vous me permettez, il s'agit d'un très beau chien, my lord, et très original. Au risque de vous sembler impertinent, je dirais que la jeune femme est très jolie et que sa façon d'insister pour voir Votre Seigneurie était inhabituelle.

Roderic se détourna de la fenêtre.

– Jolie? Vous avez bien dit qu'elle était jolie?

– Très jolie, mister Roderic, exceptionnellement, devrais-je dire.

Roderic jeta un coup d'œil au marquis.

– Avez-vous entendu, oncle Lenox? J'ai le sentiment que vous aviez tort et que mon miracle est en train de se réaliser!

Le marquis laissa échapper un petit rire.

– C'est fort peu probable, mais s'il s'agit vraiment du miracle que tu espérais, je paierai pour toi les cent guinées.

– Topez là! s'exclama Roderic avec jubilation. Faites-la entrer, Dawson! Faites immédiatement entrer cette jeune femme et son chien.

Dawson regarda le marquis, attendant son approbation.

Celui-ci fit un signe de la tête.

– Très bien, my lord, dit le serviteur.

Il sortit de la pièce et referma la porte derrière lui.

3

Tandis qu'elle attendait le retour du majordome, Diona s'aperçut que Sirius et elle étaient l'objet d'une évidente admiration de la part de trois laquais.

– Vous avez un bien joli chien, miss, risqua l'un d'entre eux timidement.

Diona savait que, si elle avait été accompagnée de sa mère ou d'un respectable chaperon, ils auraient su avoir affaire à une lady et ne se seraient pas permis de lui adresser la parole.

– Il se nomme Sirius, répondit-elle par courtoisie. On me l'a offert lorsqu'il était tout petit.

– Ils sont très intelligents, ces chiens, déclara le laquais, et ils aiment beaucoup jouer.

– Oui, c'est vrai, fit Diona en souriant.

On entendit soudain un bruit de pas qui se rapprochaient; le laquais redevint muet et se redressa.

Diona se tenait immobile, le cœur battant d'appréhension.

– Si vous voulez bien me suivre, miss, dit le vieux serviteur.

Elle avait gagné! En longeant le large corridor,

elle tenta cependant de modérer son enthousiasme en se disant qu'elle venait de franchir la première haie, mais que le grand saut restait à effectuer. Elle adressa une prière fervente à son père en suivant le majordome à travers d'interminables couloirs.

Papa, je vous en supplie, aidez-moi! formula-t-elle intérieurement. Vous ne pouvez pas permettre un acte aussi... cruel vis-à-vis de Sirius... je dois le sauver... je le dois!

Le majordome ouvrit une porte avec une expression de condescendance extrême, comme s'il était convaincu de commettre une erreur en permettant cette rencontre avec son maître. Puis elle l'entendit annoncer :

– La jeune femme, my lord.

Avec un effort surhumain, elle fit quelques pas dans la pièce et eut un instant l'impression de n'être entourée que de livres, de centaines, de milliers de livres du sol au plafond.

Puis elle prit soudain conscience de la présence de deux hommes. L'un d'entre eux, le plus jeune, la fixait d'un regard quelque peu étrange. Quant à son compagnon, il était sans conteste le plus bel homme qu'elle eût jamais vu. Il se dégageait de lui une impression d'autorité implacable qui correspondait tout à fait à l'idée qu'elle s'était faite du marquis d'Irchester.

Nonchalamment assis dans un fauteuil à haut dossier, il évoquait un roi sur son trône, devant lequel il eût été naturel de s'agenouiller. Elle se contenta cependant d'une gracieuse révérence et, personne ne se décidant à briser le silence, s'avança lentement, ignorant que dans sa jolie robe de mousseline ornée de rubans bleus elle offrait un tableau des plus surprenants. Son chapeau de paille avait une couronne de fleurs sauvages et, parce que des gants eussent été trop coûteux, elle portait des mitaines qui découvraient ses longs doigts fuselés.

Elle traversa la pièce, l'élégant dalmatien à ses côtés. Lorsqu'elle se trouva devant le marquis, elle fit instinctivement une seconde révérence.

– Vous désiriez me voir? demanda-t-il.

– Oui... my lord.

– Vous avez dit à mon majordome qu'il s'agissait de quelque chose d'urgent.

– Très... très urgent en effet, my lord.

– Vous m'intriguez. Comment vous appelez-vous?

Après un instant de silence, Diona articula :

– Je me nomme... Diona.

Le marquis leva les sourcils d'un air interrogateur.

– Est-ce tout?

– Ou... oui, my lord... j'ai de bonnes raisons de ne pas... souhaiter être connue... sous un autre nom.

– Dites-moi ce qui vous amène.

Les mots refusant de sortir de sa gorge, la jeune fille prit une profonde inspiration et parvint à prononcer :

– Je me demandais si... Votre Seigneurie pourrait m'employer en tant que... gardienne de chenil.

Le marquis la regarda avec stupeur tandis que le jeune homme, qui n'avait pas fait le moindre mouvement depuis son entrée dans la pièce, venait se camper devant elle et la dévisageait d'une manière qui la remplit d'embarras.

– Avez-vous dit... une gardienne de chenil? s'exclama le marquis.

– Oui, my lord... je sais que cela peut sembler étrange mais... j'ai une grande expérience des chiens... et des chevaux d'ailleurs... et il faut que je trouve un emploi.

– Je n'ai jamais entendu... commença le marquis.

Une exclamation de Roderic l'interrompit :

– Ne voudriez-vous pas être fermière ?

Diona tourna les yeux vers lui et répondit :

– Je suis prête à travailler dans une ferme... si je ne peux rien faire d'autre... mais, puisqu'il existe des gardiens de chenil, je ne vois pas pourquoi il n'existerait pas aussi des gardiennes. Je pourrais m'occuper de beaucoup de choses que les hommes n'aiment pas faire.

Elle parlait avec une légère hésitation et le marquis demanda :

– A quoi pensez-vous en particulier ?

– Parce que je suis une femme, je pourrais m'occuper des chiots mieux qu'un homme, tout particulièrement lorsque la mère a donné naissance à des prématurés et que certains d'entre eux doivent être élevés à part. J'ai également toujours réussi à appliquer des cataplasmes aux chevaux avec plus de douceur et d'adresse que mon père ou ses palefreniers.

Elle comprit tout à coup qu'en essayant de convaincre le marquis elle venait en partie de se trahir.

– Votre père possédait donc des chevaux ? dit-il sur-le-champ.

– Oui... my lord.

– Et il ne souhaite plus que vous l'aidiez dans ses écuries ?

– Mon père est... mort, my lord.

Le marquis avait remarqué le léger tremblement de sa voix.

La perte de son père avait si profondément bouleversé la jeune fille qu'elle ne pouvait encore y faire allusion sans une profonde émotion.

– Et je suppose que vous êtes sans ressources?

Il s'exprimait d'un ton pratique qui aida soudain Diona à se ressaisir pour répondre de la même manière.

– C'est la vérité, my lord. Je dois maintenant gagner ma vie et il est extrêmement important que je puisse le faire... dès à présent.

Si elle n'avait pas été aussi terrifiée, elle aurait apprécié la rapidité de réaction du marquis.

– Ce qui signifie sans doute, énonça-t-il, que si je ne vous engage pas, vous ne savez où aller?

– C'est... exact, my lord.

Roderic laissa échapper un petit cri de triomphe.

– Le miracle, oncle Lenox! s'exclama-t-il. J'ai gagné mon pari! Regardez-la! Il suffit d'un coup d'œil pour voir qu'elle est exactement ce que je cherche!

Le marquis fit un geste de la main pour calmer l'impétuosité de son neveu, mais Roderic fit un pas vers Diona et lui demanda avec anxiété.

– Voudriez-vous retirer votre chapeau?

La jeune fille écarquilla les yeux.

– Je vous expliquerai pourquoi dans un instant, promit-il, s'il vous plaît, faites ce que je vous demande.

Malgré l'étrangeté de cette requête, Diona ne trouva aucune raison d'y opposer un refus. La pensée qu'une gardienne de chenil était peu susceptible de porter des vêtements tels que les siens lui traversa l'esprit et elle regretta de n'avoir pas songé à une tenue plus modeste. Elle se félicita néanmoins d'avoir ajouté à son bagage, à la dernière minute, un costume d'amazone, malgré la charge supplémentaire qu'il représentait.

Tandis qu'elle commençait à dénouer les rubans de son chapeau le marquis demanda :

– J'ai cru comprendre que vous insistiez pour amener ici votre chien. Souhaitez-vous que je vous l'achète ?

– Non, bien sûr que non, my lord ! Je ne le vendrais pas pour tout l'or du monde ! Simplement, c'est en partie pour lui que je cherche un emploi, et j'aimerais travailler dans un chenil parce qu'il... ne me quitte jamais.

Le marquis claqua des doigts et à la grande surprise de Diona le chien, qui était en général méfiant avec les étrangers, vint aussitôt se placer à son côté.

– Voilà certes un magnifique dalmatien, observa le marquis, et je comprends tout à fait que vous ne désiriez pas vous en séparer.

– Je l'ai depuis qu'il est tout petit, répondit Diona. Il est tout ce que j'ai au monde, et le seul être... que j'aime.

Elle s'exprimait avec une telle ferveur que le marquis leva les sourcils d'étonnement. Puis elle entreprit d'ôter son chapeau et sa chevelure d'un blond cendré se répandit sur ses épaules. Roderic ne put retenir un cri d'admiration.

– Elle est ravissante ! Tout à fait, tout à fait ce que je veux !

Diona le fixa avec une surprise non dissimulée et se dit qu'il était non seulement un bien étrange jeune homme mais qu'il tenait à son sujet des propos tout à fait incohérents. Le marquis, fasciné par les longs cheveux soyeux de la jeune fille, comprenait facilement l'enthousiasme de son neveu. Le fait qu'il se considérât comme un connaisseur en matière de femmes le forçait à constater que celle-ci possédait un charme hors du commun. Bien que toute jeune, elle n'avait ni la mièvrerie propre aux demoiselles de son âge, ni la robustesse des beautés anglaises aux joues roses que son neveu se représentait sans doute lorsqu'il avait parlé de trouver une ravissante jeune fermière.

D'un ovale délicat, le visage de Diona était éclairé par des yeux immenses, et des reflets ambrés faisaient chatoyer l'or pâle de sa chevelure. Elle ressuscitait la beauté sans âge des déesses grecques, cette beauté classique que le marquis avait crue perdue dans la nuit des temps. Certes, avec son petit nez droit, ses lèvres au dessin parfait et son cou gracieux, Diona évoquait les figures de marbre qu'il avait admirées en Grèce, des années auparavant, ou celles qu'il avait vues plus récemment dans les musées parisiens et qui lui étaient apparues comme ternies par la nostalgie de leur pays natal.

Depuis l'entrée de la jeune fille, il lisait dans son regard à l'étrange couleur de brume une expression de crainte qui le surprenait chez une femme aussi ravissante. Tandis qu'elle se tenait devant lui dans l'attente de sa décision, il songea à Phryné devant ses juges, accusée d'impiété, et dont l'avocat, dans le but de faire appel aux sentiments des jurés, avait déchiré le corsage et dévoilé la gorge d'albâtre.

– Je l'ai trouvée! continuait Roderic, et je suis certain maintenant de ridiculiser sir Mortimer et de lui reprendre les cent guinées!

– Pas si vite, Roderic, intervint le marquis. N'est-il pas tout d'abord nécessaire de convaincre Diona, puisqu'elle désire que nous l'appelions ainsi, d'accepter de te venir en aide dans cette tâche capitale?

Comprenant au ton cynique du marquis que le sujet évoqué par son neveu lui déplaisait, Diona, effrayée, s'empressa de dire :

– S'il vous plaît, my lord... je désire simplement travailler pour vous et m'occuper de vos chiens...

– Je suis en train d'étudier cette éventualité pour le moins originale, répliqua le marquis, mais je pense que vous devriez d'abord écouter ce que mon neveu souhaite vous demander. Peut-être devrais-je effectuer les présentations : Mr Roderic Nairn, miss Diona!

Une vague d'embarras envahit la jeune fille devant l'ironie de ces paroles. Elle fit néanmoins une courte révérence, tandis que Roderic se livrait à un salut exagérément solennel, en guise de dérision.

Sirius était revenu à son côté et elle posa la main sur sa tête pour se donner du courage. Elle éprouvait un désir irrésistible de prendre congé et de partir chercher de l'aide ailleurs. Mais elle n'avait nulle part où aller et le sort de Sirius primait tout le reste.

Sous la caresse de sa maîtresse, le dalmatien leva le museau et lui lécha la main. Le regard de Diona croisa à cet instant celui du marquis et elle eut la sensation étrange que non seulement il comprenait ce qui se déroulait en elle, mais qu'il devinait la moindre de ses pensées.

Il dit avec une intonation totalement différente :

– Vous devriez vous asseoir et laisser mon neveu vous expliquer ce qui pour le moment doit vous paraître non seulement tout à fait incompréhensible, mais également insultant!

– Je suis désolé si je me suis comporté avec

70

grossièreté! s'exclama Roderic. Mais, juste avant que vous n'entriez dans cette pièce, mon oncle affirmait qu'il me serait impossible de trouver ce que je cherchais, et que seul un miracle pouvait me sauver!

Il conclut avec un sourire ensorcelant :

— Et vous êtes apparue et le miracle s'est produit!

Sentant que ses jambes ne pouvaient plus la porter, Diona s'était assise d'un mouvement gracieux dans un fauteuil en osier à haut dossier placé près de celui où se trouvait installé le marquis. Sirius s'était laissé tomber sur le sol à ses pieds.

Tenant son chapeau sur ses genoux, elle leva les yeux vers Roderic Nairn, se demandant ce qu'elle allait entendre. Depuis son arrivée, rien ne s'était produit comme elle l'avait prévu et elle allait de surprise en surprise. Elle s'était attendue à subir de la part du marquis un interrogatoire sévère, sachant qu'il trouverait étrange qu'elle ne lui donnât que son prénom. Mais elle détestait mentir et, bien qu'elle se reprochât cette imprudence, elle se refusait à assumer un nom d'emprunt. D'autre part, il était essentiel que personne ne connût sa véritable identité, afin d'éviter que son oncle pût la retrouver.

Roderic s'installa sur le bras d'un fauteuil et commença :

— Vous devez savoir, miss Diona, que les hommes, à Londres, s'amusent à engager des paris, particulièrement s'ils sont membres d'un club appelé *White's*?

— Oui, je le sais, répliqua Diona. Mon...

Elle avait failli révéler que son père avait été lui-même membre du *White Club*. Sa mère et elle

71

s'étaient beaucoup amusées au récit des paris les plus cocasses qui se tenaient à cet endroit, et qui étaient ensuite répertoriés dans un « Livre des paris ». Elle s'aperçut soudain que le marquis l'écoutait avec attention, et s'efforça de refouler les mots qu'elle avait été sur le point de laisser échapper.

– Quelques-uns de mes amis et moi-même avons engagé un pari avec un autre membre du club, poursuivit Roderic. Nous avons affirmé que nous pourrions trouver une jeune Anglaise, fermière de préférence, plus ravissante et plus intelligente que la jeune femme française qui va nous être présentée par notre adversaire.

Diona prit un air perplexe.

– Mais ne s'agit-il pas d'un pari peu équitable ? souligna-t-elle. Il faudrait que les deux femmes soient issues de la même classe sociale ! Après tout, les fermières ne reçoivent pas une éducation convenable !

Une grimace détendit les lèvres du marquis et une lueur d'amusement apparut dans son regard. Il s'interrogeait sur les arguments que son neveu saurait opposer à une telle logique.

Roderic avait pris la précaution de ne pas préciser que l'une au moins des concurrentes appartiendrait à la catégorie des femmes légères et serait inévitablement dotée d'une vivacité d'esprit supérieure à celle de toute demoiselle issue de la campagne. Que Diona eût, sans hésiter, mis le doigt sur le point faible du discours qu'elle venait d'entendre le divertissait, et il comprit que son neveu s'évertuait à trouver une réponse plausible.

– Il n'est pas absolument nécessaire qu'elle soit fermière, admit-il enfin, c'était une façon de parler.

Mais sir Mortimer nous a assuré que la jeune femme qu'il va nous présenter est non seulement très belle et intelligente, mais qu'elle pourrait également passer pour une lady.

Diona réfléchit un moment.

– Je ne crois pas qu'aucune fermière de ma connaissance réunisse toutes ces conditions!

– Voilà en quoi vous êtes si différente! insista Roderic. Vous avez dit que vous étiez prête à devenir fermière, bien qu'oncle Lenox soit ravi, j'en suis sûr, à l'idée de vous voir travailler au chenil!

Il fit une pause pour souligner l'importance de ce qui allait suivre.

– Mais il faut avant tout que vous m'aidiez à gagner ce pari dans une semaine.

– Que... que me faudra-t-il faire? demanda Diona, un léger tremblement dans la voix.

Elle avait le sentiment de se laisser entraîner dans une situation que sa mère n'aurait pas approuvée et à laquelle son père se serait catégoriquement opposé. Il lui avait parlé des dandies qui entouraient le régent et passaient le plus clair de leur temps à jouer et à boire dans les clubs de St. James. Chaque fois qu'il s'était rendu à Londres, il avait retrouvé ses vieux amis au *White Club* et avait ensuite parfois fait rire sa fille en évoquant les nouveaux membres qu'il avait rencontrés là-bas. Il décrivait alors les dandies avec dédain, les traitant de « gravures de mode », et considérait que Beau Brummell lui-même attachait une importance excessive à ses vêtements.

– Quel homme peut se permettre de consacrer deux ou trois heures à sa toilette! avait-il dit un jour. Perdre ainsi un temps précieux! Perdre toute une partie de sa vie!

Des années plus tard, après que Beau Brummell

eut quitté le pays en disgrâce, Diona avait interrogé son père.

– J'ai toujours entendu dire, papa, que Beau Brummell était un homme très intelligent?

– Il avait de l'esprit, avait reconnu son père, et suffisamment de dons pour devenir un arbitre de la mode et accéder à une position sociale importante. Il lui manquait cependant la discipline personnelle qui l'aurait empêché de jouer jusqu'à son dernier penny. Que peut-il y avoir de plus stupide que cela?

– Je suis tout à fait d'accord avec vous, mon chéri, avait dit la mère de Diona. Mais je pense en même temps que ces clubs offrent aux jeunes gens bien des tentations. Ils veulent faire preuve de leur valeur à tout prix et cherchent inévitablement dans l'alcool le courage de dépenser l'argent qu'ils n'ont pas.

Son mari avait souri.

– C'est tout à fait cela! Mais les hommes restent des hommes et doivent apprendre à se tenir sur leurs pieds!

– Ce qui signifie bien souvent, j'en ai peur, marcher sur ceux des autres! avait répondu son épouse très posément.

Se remémorant cette conversation ainsi que d'autres détails révélés par son père au sujet du *White Club*, Diona se sentit devenir nerveuse.

– Tout ce que vous aurez à faire, dit Roderic, sera de venir à Londres et de me permettre de vous emmener, non au club, puisque les femmes n'y sont pas admises, mais dans une maison où vous rencontrerez les autres participantes. Je suis absolument certain que l'étrangère ne sera pas moitié aussi jolie que vous!

74

– Comment les juges évalueront-ils... l'intelligence des concurrentes? interrogea Diona.

Roderic dut de nouveau réfléchir avec acharnement, sous le regard de plus en plus amusé du marquis. La question était en l'occurrence tout à fait pertinente, et ce dernier se demanda si elle avait même effleuré sir Mortimer.

– Oh! au cours d'une conversation, je suppose, dit enfin Roderic, probablement après le dîner. Peut-être même danserons-nous. Les juges seront ainsi en mesure d'observer la grâce et le maintien des jeunes femmes, tandis qu'elles mangent et qu'elles dansent!

Diona prit une profonde inspiration. Participer à un pari de ce genre, que sa mère aurait fortement désapprouvé, était déjà pénible à envisager. Mais dîner avec des inconnus et danser, sans chaperon, au milieu de jeunes fermières, dans une maison dont elle ne connaissait pas l'hôtesse, était proprement inconcevable.

– Je... ne peux pas faire cela!

– Mais pourquoi? fit Roderic d'un ton surpris.

Brusquement, comme s'il se remémorait un détail très important, il ajouta :

– J'ai oublié de vous dire que vous serez bien sûr rétribuée pour ce service!

Il hésita avant de poursuivre :

– Je vous offrirai vingt livres et une robe si élégante que tous les autres en resteront muets d'étonnement!

Diona se raidit et redressa la tête avec dignité.

– Certainement pas! s'exclama-t-elle. Je ne permettrai à aucun gentleman de m'offrir une robe! Je n'ai d'ailleurs... aucun désir de participer à ce... concours!

Une idée terrifiante venait de lui traverser l'esprit. Que se passerait-il si, parmi les membres du *White Club* conviés à la curieuse réception dont parlait Mr Nairn, se trouvait l'un des vieux amis de son père? C'était peu probable, car la plupart de ceux qui avaient été reçus chez ses parents, à l'occasion d'un steeple-chase, ou de tout autre événement sportif de la région auquel ils devaient prendre part, étaient de l'âge de Harry Grantley. Une telle éventualité pouvait malgré tout se présenter, et elle imaginait aisément le choc d'un homme convenable, découvrant que la fille de son ami se fait passer pour une fermière!

Avant même qu'elle eût fini de parler, Roderic poussa un cri d'horreur.

– C'est impossible! Vous devez m'aider!

Comme si l'attitude posée de la jeune fille et l'expression de son visage l'avaient impressionné plus encore que ses paroles, il se tourna vers le marquis afin de s'assurer son soutien.

– Aidez-moi, oncle Lenox! supplia-t-il. Aidez-moi à convaincre miss Diona qu'elle n'est pas seulement le miracle que je souhaitais, mais qu'elle réunit toutes les perfections que je n'osais espérer!

– Je pense, dit lentement le marquis, que toute fermière *respectable* ayant passé sa vie à la campagne serait, tout comme Diona, choquée et pleine d'appréhension devant ta proposition.

– Choquée?

La remarque de son oncle et surtout la façon dont ce dernier avait accentué le mot « respectable » firent leur chemin dans son esprit. Il saisit le message qui venait de lui être transmis.

Il se leva du bras de fauteuil où il était assis et s'inclina en prononçant d'un air implorant :

– Je vous en prie, miss Diona. J'ai désespérément besoin de votre aide. Un refus de votre part, sans que vous ayez pris le temps nécessaire pour réfléchir, serait trop cruel!

Diona ne répondit pas et il ajouta après un instant :

– Vous dites qu'il vous faut gagner votre vie et je vous offre un moyen facile de le faire. J'irai jusqu'à cinquante livres si vous acceptez ma proposition.

– C'est... beaucoup trop! protesta Diona. Et je ne peux pas aller à Londres.

– Cela n'a rien d'aussi effrayant que vous le pensez, affirma Roderic, et je vous promets de veiller sur vous!

Il n'avait pas remarqué le regard perçant que son oncle avait jeté à la jeune fille. Celui-ci n'avait visiblement pas compris la dernière remarque de la jeune fille de la même façon que son neveu.

Car il ne savait résister à une énigme ou à un mystère : il lui fallait à tout prix en découvrir la solution. A son retour de l'armée, il s'était attaché à découvrir les endroits de son domaine qui étaient d'un mauvais rapport parce que l'argent y était mal employé, ou même volé. Il avait démasqué les personnes qui n'obéissaient pas à ses instructions pour des raisons parfois bien cachées et en apparence indiscernables.

Il se trouvait maintenant extrêmement intrigué et intéressé par Diona, moins à cause de sa beauté que parce qu'elle n'appartenait évidemment pas à la classe des fermiers et dissimulait un secret.

Désirant mettre fin aux supplications de Roderic qui ne pouvaient qu'aggraver la situation, il décida d'intervenir.

– J'ai une suggestion à faire et je vous demande à tous les deux de l'écouter.

Diona tourna son visage vers lui et Roderic fit de même avec réticence.

– Bien que je puisse me tromper, j'imagine que Diona a parcouru aujourd'hui une longue distance et qu'elle doit être fatiguée. Elle nous a déjà dit qu'elle ne saurait où aller en sortant d'ici. Aussi, je propose qu'elle accepte mon hospitalité pour la nuit. Après le dîner, ou demain peut-être, il lui sera possible de reconsidérer ta proposition, Roderic.

Diona était sur le point d'assurer qu'il lui était impossible de faire ce que Mr Nairn attendait d'elle, mais le marquis poursuivit, avant qu'elle eût ouvert la bouche :

– Il me faut également avoir un entretien avec le responsable de mon chenil, afin de savoir s'il lui serait possible d'y trouver un emploi pour une femme. Je crois cependant savoir que quatre hommes s'occupent déjà des chiens.

Il sut qu'il avait dit exactement ce qu'il fallait, car Diona laissa échapper un petit murmure excité et son regard sombre et anxieux s'éclaira soudain.

– Votre Seigneurie... parle-t-elle sérieusement? demanda-t-elle timidement.

– Certainement, si vous acceptez de rester ici ce soir.

– Avec Sirius?

– Il est naturellement inclus dans mon invitation.

– Dans ce cas... merci.... je vous remercie infiniment, my lord. J'accepte... avec reconnaissance!

Elle se leva comme si, à ses yeux, l'entretien avait tout naturellement pris fin.

– Vous avez des bagages, je suppose? interrogea le marquis d'un ton railleur qui laissait entendre qu'il n'en croyait rien.

La jeune fille répondit en rougissant violemment :

– Pour éviter d'être trop chargée, j'ai réuni quelques effets dans un ballot, my lord. Je l'ai déposé dans un buisson de l'autre côté du pont.

Elle songea en prononçant ces mots que ce geste devait sembler bien puéril au marquis. Celui-ci ne manifesta cependant pas la moindre réaction.

– Veux-tu sonner, s'il te plaît, Roderic, dit-il tout à coup. J'espère, poursuivit-il en se tournant vers Diona, que puisque vous êtes notre hôte vous nous ferez le plaisir de dîner en notre compagnie?

Il s'attendait à ce qu'elle acceptât avec l'empressement qu'elle avait montré à rester au manoir, mais à son grand étonnement elle hésita un moment avant de répondre :

– Pensez-vous... que ce soit convenable?

– Convenable? répéta le marquis.

– Je... je pense que les employées de chenil ne dînent pas avec leurs maîtres en général?

Le marquis sourit.

– Vous êtes une employée de chenil quelque peu différente des autres, Diona. Puis-je en outre vous faire remarquer que je ne vous emploie pas encore? Je pense donc que, dans ce cas précis, il vous est tout à fait permis d'accepter ma proposition.

Diona prit le temps de réfléchir et déclara enfin :

– Je vous remercie, my lord, et je suis très honorée de votre invitation.

– Nous suivons ici les usages de Londres et dînons à huit heures. Je pense que vous désirez vous reposer un peu avant de nous retrouver dans le Salon Bleu, un quart d'heure avant de passer à table? On vous montrera le chemin.

– Merci, my lord.

La porte s'ouvrit à cet instant précis et Dawson entra.

– Vous avez sonné, my lord?

– Oui, Dawson. Miss Diona sera notre invitée pour cette nuit. Installez-la dans la chambre du Dauphin. Elle a apporté quelques effets qui se trouvent dans un buisson, de l'autre côté du pont.

Le visage de Dawson garda son impassibilité et il répondit sans la moindre note de surprise :

– Je les ferai chercher, my lord.

– Demandez à Mrs Fielding de s'occuper de miss Diona, qui se joindra à Roderic et à moi pour le dîner.

Dawson inclina la tête pour montrer qu'il avait compris les instructions et Diona fit une révérence.

– Merci, my lord. Merci... du fond du cœur.

Il était impossible de se méprendre sur la sincérité de sa gratitude et le marquis nota que son regard, en perdant son expression traquée, était devenu plus clair.

Il la suivit des yeux tandis qu'elle sortait de la pièce sur les talons de Dawson. Pourquoi se cachait-elle? Qu'avait-elle pu faire pour se trouver dans une telle situation? Il se dit qu'en tout cas le profond ennui qui l'avait étouffé plus tôt dans la journée était bel et bien dissipé.

Dès que la porte fut refermée, Roderic bondit sur ses pieds, lança un coussin au plafond et poussa un cri de joie en s'exclamant :

– J'ai gagné! J'ai gagné! Personne, je dis bien, personne ne sera en mesure de présenter une créature aussi jolie!

Il rattrapa le coussin et le remit à sa place en ajoutant :

– Merci, oncle Lenox! J'ai toujours su que vous étiez un sportsman, mais je suis prêt maintenant à boire à votre santé un millier de fois et à clamer à la face du monde que personne ne vous arrive à la cheville!

– Tu m'en vois très flatté, fit sèchement le marquis.

– J'ai eu peur un moment qu'elle refuse pour de bon, mais vous m'avez très adroitement fait comprendre qu'elle était respectable, bien entendu. Je n'y aurais jamais pensé moi-même!

– Évidemment, elle est respectable! rétorqua le marquis d'une voix coupante. Et qui plus est, je doute qu'elle ait déjà entendu parler d'une « demi-mondaine » ou d'une « courtisane ». Dans le cas contraire, elle n'a probablement pas la moindre idée de ce que ces mots désignent!

Roderic écarquilla les yeux.

– Vous parlez sérieusement?

– Je crois, Roderic, qu'il te faut apprendre à juger les gens sur ce qu'ils sont, et non sur leur apparence!

– Mais elle voyage seule! Elle arrive ici sans chaperon et demande à vous voir, puis sollicite un emploi au chenil! Que suis-je censé supposer?

Le marquis garda un moment le silence.

– Je pense que tu dois trouver toi-même la réponse, dit-il enfin. Je puis simplement t'affirmer qu'elle s'est enfuie dans le but de se cacher. Si tu continues à l'effrayer comme tu l'as fait lorsque tu as évoqué la réunion au cours de laquelle doit se tenir ce pari douteux, elle s'enfuira de nouveau.

Roderic ne put réprimer un cri de protestation.

– Je ne peux pas la laisser faire cela!

– Alors surveille tes paroles et plus encore ton comportement!

Roderic médita ce conseil et répliqua :

– Si elle est aussi respectable que vous le dites, elle n'appréciera pas de rencontrer la femme que doit nous présenter Watson. D'après ce qu'il nous en a dit, il ne s'agit en aucun cas d'une lady!

Sans attendre le commentaire de son oncle il continua, comme se parlant à lui-même.

– Bien que je ne sois jamais allé à Paris, et n'aie jamais rencontré de courtisane, j'imagine que celle-ci sera couverte d'orchidées et de diamants!

Se rappelant soudain à qui il parlait il s'exclama :

– Mais pourquoi vous dis-je tout cela? Vous êtes allé à Paris, et savez de quoi je parle!

– Me permettras-tu de préciser, déclara son oncle avec une lueur malicieuse dans le regard, qu'il n'existe pas en Angleterre de véritable équivalent de la courtisane française, et que Watson a exploité en toute connaissance de cause la naïveté et l'inexpérience de cinq jeunes benêts!

– Qu'il aille au diable! J'appelle cela tricher!

– Admettons plutôt qu'il s'agit d'une astucieuse escroquerie...

Roderic se laissa tomber dans un fauteuil et demanda :

– Êtes-vous en train de dire qu'aucun d'entre nous n'a la moindre chance de battre Watson?

– Je pense, au contraire, que vous avez toutes les chances de votre côté. A moins que les juges n'aient été soudoyés, ce qu'il faudrait vérifier, Diona doit éclipser n'importe quelle courtisane française!

Roderic retrouva d'un seul coup toute son énergie.

– Vous le pensez vraiment, oncle Lenox?

– Je dis rarement ce que je ne pense pas, répondit le marquis d'un air hautain.

– Alors je dois arriver à la convaincre, ou plutôt vous devez le faire!

– Je ne me mêlerai de rien, protesta le marquis.

– Mais il faut que vous m'aidiez! Et vous savez aussi bien que moi que les femmes font tout ce que vous voulez, et seraient capables de sauter dans un précipice si vous les en suppliiez!

Le marquis se mit à rire.

– Est-ce là la réputation qui m'est faite?

– Bien sûr! Que disait donc Edward à propos de vous l'autre jour? «...invincible dans le boudoir, comme à la guerre!»

Devant le froncement de sourcils inquiétant de son oncle, le jeune homme s'empressa d'ajouter:

– Je vous répète simplement les paroles d'Edward, alors ne vous fâchez pas! Je vous en prie, oncle Lenox, vous savez qu'il nous faut à tout prix battre cet horrible sir Mortimer, sous peine de le voir clamer son triomphe dans St. James Street pendant tout le reste de l'année!

– Essayons en effet d'éviter à tout prix une telle situation! Je crois pourtant qu'il serait prématuré de se réjouir. Diona emporterait la victoire, sans aucun doute, mais elle peut encore tout simplement refuser le combat!

Il sortit de la bibliothèque sur ces derniers mots et n'entendit pas la réponse de son neveu. Tandis qu'il longeait le corridor en direction du hall, ses lèvres, habituellement serrées en un pli amer, esquissèrent un léger sourire; ce qui, aux yeux de ceux qui le connaissaient bien, signifiait qu'il était incontestablement amusé.

4

En descendant pour le dîner, Diona avait vraiment le sentiment de tenir un rôle dans une pièce de théâtre. Bien que sa mère lui eût souvent décrit les magnifiques demeures où elle avait été reçue enfant, et où elle avait parfois séjourné avec son mari par la suite, la jeune fille éprouvait, dans un lieu aussi somptueux et impressionnant qu'Irchester Park, un éblouissement qui dépassait de loin tout ce qu'elle avait pu imaginer auparavant.

Sa chambre, ravissante et très confortable, ne faisait pas partie des pièces d'apparat, mais possédait un lit surmonté d'un baldaquin de forme circulaire et garni de rideaux retenus aux quatre montants par des cordelières argentées. Alors qu'elle regardait autour d'elle avec émerveillement, la gouvernante d'âge mûr qui l'accompagnait fit remarquer, avec une désapprobation visible :

– Si j'ai bien compris, miss, le contenu de ce châle constitue tout votre bagage ?

Au même moment Diona vit un laquais tendre son ballot à une jeune chambrière portant une charlotte de dentelle et un tablier assorti.

– Je n'ai emporté qu'un minimum d'affaires,

répondit-elle. Je n'avais pas la possibilité de voyager avec une malle.

Mrs Fielding pinça les lèvres et Diona se crut obligée d'ajouter :

– Il m'a fallu partir de chez moi précipitamment.

Puis songeant soudain que sa situation ne regardait personne, elle redressa le menton et déclara d'un ton qui faisait écho à celui que sa mère aurait employé :

– Vous êtes très aimable de prendre soin de moi. Cette maison est la plus belle que j'aie jamais vue.

Mrs Fielding sembla se détendre un peu et elle demanda d'une voix légèrement différente :

– Avez-vous l'intention de garder votre chien avec vous dans cette chambre ?

– Oui, bien sûr, répliqua Diona. Mais je vous assure qu'il ne vous causera aucun désagrément ; il est très bien dressé.

La gouvernante eut une moue sceptique et la jeune fille expliqua :

– Il ne m'a jamais quittée. Il veille sur moi et je vous garantis que, si des cambrioleurs essayaient de s'introduire dans ma chambre, il n'en ferait qu'une bouchée !

Son interlocutrice la regarda alors avec une expression étrange, puis elle sourit.

– Je pense que vous êtes tout à fait sage de le garder auprès de vous, miss. Emily va s'occuper de vous ; n'hésitez pas à lui demander tout ce dont vous aurez besoin.

Sur ces paroles, elle sortit de la pièce avec la dignité d'une reine et Diona ne put réprimer son envie de rire.

Tandis qu'Emily l'aidait à se dévêtir et à passer le

peignoir de mousseline qu'elle avait apporté, Diona regretta que sa mère ne fût pas là pour partager son plaisir et pour admirer le décor qui l'entourait. « J'espère que j'aurai la possibilité de voir les tableaux, et tous les objets d'art ! » se dit-elle en priant pour que le marquis l'engageât et lui donnât la possibilité de rester au manoir.

Elle se sentait, par contre, pleine d'appréhension au sujet du projet de Mr Nairn. Pouvait-elle concevoir d'aller à Londres afin d'assister au genre de réunion qu'il avait décrite ? Bien qu'elle eût beaucoup de mal à se représenter ce qui s'y passerait réellement, elle savait que sa mère lui aurait interdit d'y participer. De toute manière, sa situation s'en trouverait compliquée ; elle désirait tout simplement s'occuper des chiens du marquis et faire en sorte que son oncle ne la retrouvât pas. Le fait de se rendre à Londres lui ferait courir le risque d'être reconnue et cette seule idée la faisait frissonner.

Elle éprouvait cependant un soulagement intense à l'idée que Sirius et elle eussent un abri pour la nuit. Ils seraient en outre correctement nourris, et rien de tout cela n'entamerait son maigre pécule.

Après avoir expliqué à Emily en quoi consistait le repas de son chien, elle fit un brin de toilette. La jeune chambrière disparut un court moment et revint avec un bol de viande fraîchement coupée devant lequel Sirius se mit à bondir de joie. Quoiqu'il mangeât toujours très délicatement, Diona, voulant éviter à tout prix de contrarier Mrs Fielding, étendit une serviette sur le tapis avant qu'Emily n'y déposât le récipient. Elle s'allongea ensuite pour prendre un peu de repos.

Au moment de se préparer pour descendre, elle pensa tout à coup que le marquis et Mr Nairn seraient probablement en habit de soirée. Bien que sa robe blanche fût très jolie, sa mère n'en aurait pas approuvé le choix pour une telle occasion. « Je suppose que j'aurais dû refuser son offre, se dit-elle avec inquiétude, et demander si je pouvais être servie sur un plateau dans ma chambre. » Mais elle se serait alors bien ennuyée... La perspective de dîner avec le marquis était infiniment plus exaltante, et elle était certaine que sa compagnie se révélerait beaucoup plus agréable que celle de son oncle!

Dans l'austère salle à manger de Grantley Hall, sir Hereward s'était toujours octroyé le droit de monopoliser la conversation, qui tournait rituellement autour d'un événement qui l'avait irrité, survenu dans le comté ou sur ses terres. Il en parlait tout au long du repas, n'attendant rien qu'un murmure d'acquiescement éventuel de la part de ses compagnons.

Avec tendresse, Diona se remémorait les sujets amusants que son père et sa mère avaient coutume d'aborder, défendant chacun leur point de vue avec vivacité, pour le seul plaisir d'exercer leur intelligence. Son père l'avait toujours encouragée à intervenir dans le débat.

– Je ne peux absolument pas supporter, avait-il déclaré un jour, ces jeunes filles au regard vide qui ne songent qu'à la quantité de nourriture qu'elles sont capables d'ingurgiter!

– Notre fille n'a rien à voir avec elles! avait protesté son épouse en riant.

– Je veux qu'elle soit comme vous, mon amour, avait-il poursuivi, jolie et tellement plus distrayante que toutes les autres femmes que j'ai connues!

– J'adore vous entendre dire cela! Mais laissez à

Diona le temps qu'il faut; elle est jeune, n'a jamais voyagé et n'a pas encore commencé à vivre pleinement sa vie!

– Elle apprendra, avait acquiescé son mari. En attendant, qu'elle parle! Je déteste les cloches qui ne sonnent pas, les oiseaux qui ne chantent pas et les femmes qui n'ont rien à dire!

Ils avaient tous les trois éclaté de rire et Diona, que personne n'avait jamais écoutée par la suite à Grantley Hall, s'était habituée, lorsqu'elle pensait à son père, à tenir avec lui des conversations imaginaires.

« Aujourd'hui, songea-t-elle, même si je n'ai pas l'occasion de dire grand-chose, j'aurai au moins quelqu'un d'intéressant à écouter. »

Le marquis avait une présence intimidante, mais Diona était certaine que tout ce qu'il disait valait la peine d'être entendu, et elle préférait de beaucoup sa conversation à celle de Mr Nairn.

Dawson l'attendait au pied de l'escalier et elle crut lire un soupçon de mépris dans le regard qu'il posait sur sa robe de mousseline. Lorsqu'elle l'avait achetée, Diona l'avait trouvée trop simple et elle avait demandé à la couturière de Grantley Hall d'en agrémenter le corsage d'un ruché de vraie dentelle, issu d'une tenue de soirée de sa mère, et d'ajouter sur le devant des rubans de satin bleu en provenance de Paris. Il était resté assez de dentelle pour border l'ourlet d'un large volant. Bien que la toilette ainsi obtenue ne souffrît aucune comparaison avec les robes sophistiquées reproduites dans les illustrations du *Lady's Journal*, pour Diona elle était devenue tout à fait charmante.

Dans le Salon Bleu où la jeune fille venait d'être introduite, scintillait un immense lustre de cristal, suspendu au milieu du plafond, et orné d'innombrables chandelles. Leur flamme répandait une douce clarté dans laquelle chaque objet semblait illuminé de l'intérieur. Le cœur de Diona se mit à battre plus vite, comme dilaté par le sentiment d'un heureux présage.

Tandis qu'elle traversait la pièce sur le moelleux tapis d'Aubusson, elle vit le maître de maison et Roderic Nairn debout près d'une cheminée dont le foyer, inutilisé durant l'été, était rempli de fleurs. Ils tenaient à la main un verre de champagne et, lorsqu'ils se tournèrent vers elle pour l'accueillir, elle fut frappée par l'exceptionnelle séduction du marquis.

Il avait une allure plus noble encore que son père, lorsqu'il assistait à un bal, ou qu'il dînait avec une personnalité importante du comté. Sa cravate blanche, nouée dans un style raffiné et tout à fait nouveau, mettait en valeur le hâle de son visage, et maintenait dressées les pointes de son col selon les consignes de la dernière élégance. Sa longue jaquette tombait à la perfection et il avait revêtu un pantalon droit dont le prince régent avait consacré l'usage afin, disait-il, d'éviter aux hommes de son entourage, en dehors des occasions formelles, la peine d'enfiler des bas de soie et un pantalon court.

Roderic Nairn, pour sa part, ne manquait pas de distinction mais le marquis portait ses vêtements avec plus d'aisance; ils paraissaient faire partie de lui-même au point qu'il n'y prêtait plus la moindre attention.

Les deux hommes gardèrent le silence jusqu'à ce qu'elle se fût approchée d'eux. Elle fit une courte révérence.

– Bonsoir, Diona, dit le marquis. J'espère que mes serviteurs vous ont donné toute satisfaction?

– Tout le monde a été très gentil, et Sirius tient à vous remercier pour son délicieux dîner.

En attendant prononcer son nom, le chien remua vivement la queue mais resta derrière sa maîtresse comme si le caractère nouveau de la situation justifiait qu'il montât la garde et se montrât déterminé à la protéger.

Le marquis observa soudain :

– Sirius est un nom étrange, pour un chien.

– Étrange? répéta Diona. Votre Seigneurie n'ignore pourtant pas que c'était le nom du chien d'Orion qui accompagnait toujours son maître dans ses expéditions de chasse?

Le marquis haussa les sourcils. Il connaissait bien entendu l'origine mythologique de Sirius mais s'étonnait que Diona la connût également.

– J'ai déjà oublié tout le grec qu'on m'a forcé à ingurgiter à Oxford! déclara Roderic, semblant se targuer de son ignorance.

– C'est bien dommage! fit le marquis, car dans ce cas tu n'as pas compris que le nom de Diona est de toute évidence une variante de Dioné.

La jeune fille se mit à rire devant le visage interloqué de Roderic.

– Vous avez deviné, dit-il. Maman voulait m'appeler Dioné, car elle affirmait que j'étais la fille du ciel et de la terre, incarnés bien sûr par papa et par elle!

Elle rit de nouveau et ajouta :

– Mais papa trouvait que Dioné serait très difficile à prononcer pour les Anglais, qui le déformeraient sans cesse. Il a donc insisté pour que l'on me baptisât Diona.

Les yeux du marquis eurent une lueur amusée.

– Je vois, Roderic, que nous allons avoir une soirée très intellectuelle! Quel dommage que les juges de Sir Mortimer ne nous écoutent pas en ce moment!

– J'aimerais que Miss Diona répète tout ce qu'elle vient de dire en leur présence, répondit son neveu.

Ne voulant pas gâter la soirée en rappelant qu'elle ne voulait pas participer à ce concours, la jeune fille se tourna vers le marquis :

– Je voulais nommer Sirius Tishtriya, comme l'étoile du chien céleste adorée par les Persans, mais papa a trouvé là encore qu'il s'agissait d'un nom trop compliqué.

Elle remarqua que le marquis prenait un air railleur, mais poursuivit néanmoins :

– J'ai donc pensé à l'appeler comme un autre chien céleste, le T'ien-Kon chinois qui fait fuir les mauvais esprits.

Elle songea, tout en parlant, que T'ien-Kon aurait peut-être fait fuir son oncle!

– Vous constaterez, je le crains, que tous mes chiens ont des noms très anglais! dit le marquis, pour la bonne raison qu'ils sont baptisés par le responsable de mon chenil.

– Avez-vous des dalmatiens? demanda vivement Diona.

– Deux, qui commencent à être vieux. Mais ils sont extrêmement bien soignés et je suis fort intéressé de savoir comment ils peuvent soutenir la comparaison avec Sirius!

– Je serai terriblement déçue si Sirius en sort perdant!

– Et moi horriblement vexé dans le cas contraire!

Elle rit d'une manière si spontanée et si naturelle, que le marquis ne put s'empêcher de penser au rire affecté et artificiel des femmes qu'il avait coutume de fréquenter.

Soudain, comme si cette idée lui revenait tout juste à l'esprit, Diona s'exclama :

– Je vous prie de m'excuser si ma robe ne convient pas à un dîner en compagnie de Votre Seigneurie dans une demeure aussi magnifique, mais je suis partie de chez moi précipitamment et n'ai choisi dans ma garde-robe que les vêtements les plus commodes à emporter.

Un léger sourire se dessina sur les lèvres du marquis, révélant le peu de crédit qu'il accordait à cette explication.

– Et vous avez pensé, bien entendu, que la très jolie robe dans laquelle vous êtes arrivée convenait tout à fait à une gardienne de chenil ?

Elle rougit si violemment qu'il eut le sentiment d'avoir été cruel. Elle répondit après un silence :

– Je n'ai songé... à vous proposer mes services qu'après avoir quitté... mon domicile. Il va de soi que si Votre Seigneurie m'engage, je me procurerai les vêtements de rigueur.

Le marquis fut dispensé de répondre car, à ce moment précis, Dawson annonça le dîner.

Roderic offrit immédiatement son bras à la jeune fille en disant :

– Je vous trouve très jolie ainsi. Je doute cependant que les chiens de mon oncle soient en mesure de vous présenter des compliments aussi éloquents que les miens !

Diona répondit dans un petit rire :

– Si vous devenez trop éloquent, Sirius sera jaloux. Vous constaterez qu'il peut se montrer féroce lorsqu'il s'agit de me défendre !

– Vous allez me rendre nerveux !

Il remarquait que, lorsque Diona riait, elle avait un éclat qu'aucune jeune courtisane française, si éminente que fût sa réputation, ne pouvait égaler. Il était néanmoins déterminé à être prudent et à ne pas aborder ce sujet pour l'instant. « Je suis certain, se dit-il avec confiance, qu'oncle Lenox saura la persuader de faire ce que je demande. »

Parvenue à la salle à manger, Diona poussa une exclamation de ravissement devant tant de splendeur. Dans les murs vert pâle, qui portaient l'empreinte du génie de Robert Adam, s'ouvraient des alcôves abritant des statues de dieux et de déesses grecques. A chaque extrémité de la pièce, des colonnes ioniques soutenaient le plafond décoré de peintures où l'on pouvait voir Vénus, entourée de chérubins bien en chair, en train d'accueillir Neptune émergeant d'un océan peuplé de sirènes. La pièce était éclairée par d'épaisses chandelles blanches portées par des flambeaux de bois sculpté qui provenaient certainement d'Espagne ou d'Italie. Sur la table étaient disposés des candélabres d'argent et la jeune fille remarqua aussitôt que la traditionnelle nappe blanche avait été supprimée, selon la nouvelle vogue introduite par le régent.

Elle était tellement éblouie par tout ce qui l'entourait qu'elle s'exclama, une fois assise à la droite du marquis :

– Papa m'avait expliqué qu'il devenait de plus en plus courant de manger sur une table vernie sans nappe mais cela ne m'était encore jamais arrivé. Je constate que l'argenterie est ainsi beaucoup mieux mise en valeur, en particulier vos magnifiques candélabres George Ier.

– Vous avez tout à fait raison. Je suis toutefois

surpris que vous sachiez identifier l'époque de mon argenterie.

– Et pourquoi cela?

Le marquis savait que la réponse la plus évidente serait discourtoise. Il choisit de dire :

– En matière d'argenterie, il est souvent difficile de distinguer les styles des trois George.

– Mais celui de George Ier a une ligne beaucoup plus simple! C'est pourquoi, à mon avis, vos candélabres s'accordent si bien avec vos colonnes ioniques.

Le marquis avait la certitude qu'il eût été difficile à la courtisane de sir Mortimer de soutenir une telle conversation. Mais il ne se sentait pas, pour le moment, préoccupé par sir Mortimer ni par le pari dans lequel celui-ci avait entraîné Roderic. Il aspirait surtout à percer le secret de Diona et veillait à prendre note de tous les indices qu'elle laissait échapper.

Roderic, las de ne pas participer à cet échange et poussé par le besoin de se manifester, se mit à parler de chevaux et des courses auxquelles il avait assisté à Ascot. Diona apprit ainsi, sans la moindre surprise, que le marquis avait gagné la Coupe d'Or au cours d'une épreuve spectaculaire où son cheval avait battu les autres concurrents d'une courte tête.

– J'aurais aimé voir cela! s'écria-t-elle. J'ai toujours désiré aller à Ascot, et je suppose que je n'aurai plus jamais l'occasion de le faire.

Le marquis déduisit de ces paroles que seule la situation dans laquelle elle se trouvait la forçait à renoncer à cet espoir.

La jeune fille abandonna ce sujet et son hôte s'avoua qu'il était à la fois de plus en plus intrigué et déconcerté. Il ne faisait aucun doute qu'il avait affaire à une lady. Cependant, quelle lady de cet âge pouvait être autorisée à errer sur les routes avec son chien pour seule compagnie ? Quelle lady ayant reçu une éducation convenable pouvait oser s'aventurer hors de chez elle, sans la moindre ressource et sans que sa famille s'y opposât, dans le but de gagner sa vie ? Il était déterminé à résoudre cette énigme et savait que le plus sûr moyen d'y parvenir était de laisser Diona lui en livrer la solution. Il avait, pendant la guerre, soumis à un interrogatoire sévère un grand nombre de soldats qui avaient commis des délits en France et en Espagne, et cherchaient à se protéger en mentant effrontément. Cette expérience, ajoutée à sa grande finesse, le préservait de l'erreur qui consistait à poser trop de questions. Il préférait amener Diona à lui fournir de nouveaux éléments en opposant habilement à ses propos des arguments qui la conduiraient à préciser sa pensée et à se livrer davantage.

– Il serait ridicule de vous demander si vous aimez monter à cheval ! dit-il. Vous considérez-vous comme une bonne cavalière ?

– Papa affirmait que c'était le cas ; dans la mesure où il montait lui-même de façon remarquable, je crois que je peux, sans vanité excessive, répondre oui à cette question.

– Votre père participait-il à des courses ?

Il sentit que Diona hésitait, de peur de se trahir. Puis, se disant que le marquis n'avait sûrement jamais entendu parler de son père, elle expliqua :

– Il participait souvent à des épreuves hippiques locales, sans plus.

– Cela me fait penser, prononça le marquis d'un air méditatif, que j'organise ici très bientôt un steeple-chase. J'ai donné l'ordre de remettre en état le champ de courses, mais je ne l'ai pas essayé depuis. Il serait facile d'y faire dresser des obstacles aussi élevés que ceux du Grand National...

– Quelle merveilleuse idée, oncle Lenox! s'exclama Roderic. Si je pouvais monter l'un de vos chevaux, j'aurais une chance de remporter l'épreuve!

Le marquis se mit à rire.

– Si tu le montais sous tes propres couleurs, on serait en droit de t'accuser de déloyauté.

– Une autre solution, continua Roderic en regardant son interlocuteur d'un air quelque peu espiègle, serait pour moi d'investir une certaine somme dans l'achat de quelques bons sauteurs.

– A en juger par l'état actuel de ton compte en banque, rétorqua sèchement le marquis, je pense que ce serait une erreur regrettable.

– Alors, à moins de me fournir dans vos écuries, je serai réduit à n'être qu'un simple spectateur.

Sentant qu'il avait adroitement manœuvré, Diona lui adressa un sourire, et il poursuivit à son intention :

– Si vous avez l'intention de participer à cette épreuve, je vous conseille de supplier mon oncle à genoux de vous fournir votre monture. Ses chevaux sont les meilleurs de tout le pays.

– C'est ce que j'ai cru comprendre, dit la jeune fille, et j'espère qu'il me sera permis de m'occuper d'eux, s'ils ont besoin de mes soins!

Le marquis se laissa aller contre le dossier de son fauteuil.

– Songez-vous sérieusement à devenir palefrenier, aussi bien que gardienne de chenil?

– Pourquoi pas? fit-elle, un soupçon de défi dans la voix. Les chevaux réagissent avec plus de douceur à la main d'une femme. Nous avons parfois un fluide que l'on ne trouve ailleurs que chez les gitans, et qui transforme le cheval le plus sauvage en un animal doux et obéissant.

Le marquis se montra très intéressé.

– J'ai entendu dire en effet que les gitans ont le pouvoir de faire faire à leurs chevaux ce qu'ils désirent. Savez-vous en quoi consiste exactement leur formule ou leur incantation?

Diona détourna un instant les yeux et il comprit qu'elle se demandait s'il était préférable de répondre à cette question ou de feindre l'ignorance.

Quand le marquis le désirait, il arrivait, par des moyens qu'il considérait lui-même parfois comme du domaine de la magie, à se faire obéir. Il s'appliqua à concentrer ses pensées sur Diona jusqu'à ce que celle-ci tournât la tête vers lui, comme mue par une force irrésistible.

– Je connais quelques-uns des secrets qu'ils utilisent pour obtenir de leurs chiens et de leurs chevaux une soumission totale, admit-elle.

– Ils ont donc accepté de vous les divulguer?

Un éclair illumina les yeux de Diona.

– Ils avaient une confiance totale en papa, qui les traitait en amis. Chaque fois qu'ils désiraient vendre un cheval exceptionnel, c'est à lui qu'ils le proposaient d'abord.

– Et jamais ils ne l'ont dupé?

– Bien sûr que non! Les gitans n'abusent jamais de leurs amis, et ils nous traitaient comme tels.

– Pourquoi?

Il avait prononcé ce mot avec une telle autorité qu'elle répondit aussitôt :

– Ils installaient chaque année leur campement sur nos terres. Personne ne voudrait le croire, mais ils n'ont jamais touché à quoi que ce soit nous appartenant.

Elle jeta un coup d'œil au marquis pour voir s'il doutait de ses paroles, et continua :

– Nous n'avons jamais perdu ni un œuf ni un poulet et, lorsqu'ils repartaient, ils laissaient toujours l'endroit où ils avaient séjourné dans un état de propreté extrême. Seules les cendres de leurs feux de camp indiquaient qu'ils étaient passés par là.

Diona se retrouvait transportée dans le passé, et se souvenait combien tous les gens qui avaient connu son père et sa mère les aimaient. Le bonheur qui irradiait de leurs personnes rendait irrésistiblement heureux ceux qui les approchaient. Comme elle avait souffert ensuite à Grantley Hall, auprès de son oncle, dans l'atmosphère sombre et sinistre qui l'avait étouffée sitôt entrée dans la maison! Comme elle s'était sentie alors rejetée et méprisée!

Elle n'avait pas conscience de l'expression de son visage, mais son hôte l'observait avec le pressentiment qu'il ne tarderait plus à découvrir ce qu'elle lui cachait.

Revenant tout à coup au présent, la jeune fille tourna son regard vers le marquis, et ils eurent tous deux l'espace d'un instant la sensation d'être la proie d'un étrange sortilège. Ils ne savaient plus où ils étaient, ni qui ils étaient, et se trouvaient soudain transportés hors du temps dans l'immensité dont ils étaient issus.

Fragile comme une toile d'araignée, le charme qui les unissait fut brusquement rompu par Roderic qui suggérait :

– Revenons au steeple-chase. Quel sera le prix attribué au vainqueur, oncle Lenox? Et qui inviterez-vous à y participer?

– Un certain nombre de mes amis et, bien sûr, tous les propriétaires de la région qui ont des chevaux suffisamment bons.

Sa réponse brisa en un instant le rêve dans lequel Diona avait l'impression d'évoluer depuis son arrivée, car elle venait de comprendre qu'elle ne pourrait en aucun cas assister à cette épreuve. Parmi les participants se trouveraient fatalement des personnes qui avaient fréquenté son père et sa mère et ne manqueraient pas de la reconnaître. Il y aurait également des gens qui étaient venus à Grantley Hall pendant qu'elle y avait séjourné, des amis de son oncle qui l'avaient regardée avec une lueur d'admiration dans les yeux. Bien qu'elle n'eût jamais eu l'occasion de leur parler, car sir Hereward lui faisait essuyer une rebuffade chaque fois qu'elle participait à la conversation, ils sauraient néanmoins l'identifier. Puisqu'il lui fallait se cacher, elle ne devait à aucun prix permettre aux voisins ou aux amis du marquis de l'apercevoir.

Bien qu'elle ne dît rien, le marquis sentait intuitivement qu'un mur venait de se dresser entre eux et qu'elle s'était retirée dans quelque endroit secret où il n'avait plus la possibilité de l'atteindre. Mais cela ne pouvait que renforcer sa détermination à dévoiler le mystère.

Il joua un moment avec l'idée qu'elle s'était enfuie pour échapper à un prétendant indésirable. Toutefois, s'il se référait à son expérience des femmes, il était prêt à jurer qu'elle était d'une innocence totale et que jamais un homme ne l'avait embrassée, ou n'avait éveillé en elle la moindre sensualité. L'expression de crainte qu'il avait tout d'abord lue dans ses yeux s'était peu à peu transmuée en respect, puis en admiration à son égard.

Mais il voyait en même temps qu'elle ne faisait aucun effort pour le séduire et était prêt à jurer qu'elle n'aurait su comment s'y prendre.

Roderic semblait lui aussi conscient de la pureté de Diona. Il se montrait très empressé et, lui eût-elle donné le moindre encouragement, se serait hâté de lui faire la cour. La façon dont elle s'exprimait lui révélait cependant qu'elle était totalement dénuée de coquetterie et ignorait qu'il y eût quoi que ce soit d'étrange à dîner seule en compagnie de deux hommes séduisants. De toute évidence, elle était si jeune et ignorante qu'elle se comportait comme un enfant l'eût fait dans les mêmes circonstances.

Lorsqu'ils se levèrent de table, elle s'extasia sur l'excellence des mets qui leur avaient été servis.

– Je n'ai jamais rien mangé d'aussi délicieux! Mais me permettez-vous de vous poser une question? fit-elle en s'adressant au marquis.

– Je vous en prie.

– Si vous avez à Londres des chefs aussi remarquables que ceux que vous avez ici, et s'ils vous proposent chaque jour des repas semblables, comment faites-vous pour rester aussi mince?

Il apparaissait clairement qu'elle n'avait pas dit cela dans l'intention de le flatter, mais simplement par curiosité. Aussi le marquis répondit-il:

– Je fais beaucoup de sport.

– Voilà certainement la solution la meilleure! Papa se plaignait toujours, lorsqu'on lui servait trop de plats riches en crème, parce que cela le faisait grossir et qu'il aimait rester léger pour monter à cheval.

– Je n'ai pas non plus envie d'être trop lourd pour mes chevaux, affirma le marquis, et je vous assure que les rations de l'armée qui ont constitué mon ordinaire pendant un certain nombre d'années n'étaient pas délectables au point de m'inciter à la gourmandise!

– J'admets avoir été très vorace ce soir. J'ai mangé beaucoup plus que je n'aurais dû et me suis régalée à chaque bouchée!

Elle pouffa de rire à l'idée de n'avoir pu résister à un bon dîner, et Roderic, gagné par sa gaieté, s'esclaffa à son tour.

Ils se dirigèrent tous les trois vers le salon, le marquis ayant précisé que ni lui ni son neveu n'avaient le moindre désir d'être laissés à leur verre de porto. Diona s'avança jusqu'à la porte-fenêtre qui donnait sur le jardin et s'abîma dans une contemplation rêveuse.

Sa tête se découpait sur le ciel étoilé et la nuit faisait paraître plus lumineuse encore sa fine silhouette blanche. Le marquis la contemplait, se plaisant à imaginer qu'elle était un être céleste descendu sur terre comme tant de dieux grecs et romains avaient coutume de le faire, afin de séduire les simples mortels et d'exercer sur eux leur pouvoir. Il était dommage pour Roderic, que Diona ne fût pas disposée à lui accorder ce qu'il attendait d'elle. Le marquis éprouvait le sentiment étrange qu'elle pouvait disparaître aussi inexplicablement qu'elle était apparue, sans même les avertir de son intention.

Roderic avait rejoint Sirius qui explorait le jardin, devant la terrasse. Le marquis s'approcha de la jeune fille.

– Êtes-vous en train de supplier Orion, dont la constellation se trouve au-dessus de votre tête, de ne pas vous reprendre son chien?

Il s'était exprimé d'un ton léger et fut surpris de

l'émotion intense qui fit vibrer la voix de Diona.

– Personne... personne ne me prendra jamais Sirius. Il m'appartient, et je ne laisserai personne lui faire le moindre mal!

La violence de sa réaction irradiait de tout son être.

Après un silence, le marquis dit doucement :

– Quelqu'un aurait-il menacé la vie de votre chien?

Diona dirigea son regard vers la forme blanche qui se déplaçait près des arbustes et semblait inspecter chaque buisson.

– Je... je ne veux pas parler de cela.

Elle se tut un instant et s'écria :

– Puis-je vous demander une faveur?

– Mais bien sûr, répondit le marquis.

– Pourriez-vous me promettre de ne dire à personne que je me trouve ici, et que j'ai un dalmatien avec moi?

– Vous pensez que cela pourrait être dangereux pour Sirius?

– Oui... très, très dangereux. Pouvez-vous me faire cette promesse?

– Vous comprenez, je pense, que je désirerais connaître la raison d'une telle requête?

– Je suis désolée de vous paraître si mystérieuse... mais le fait que je reste... une inconnue, s'il ne change rien pour vous, est pour moi d'une importance capitale.

– Je respecterai évidemment votre désir, mais si je fais ce que vous me demandez, pouvez-vous me promettre quelque chose en retour?

Elle leva les yeux vers lui. Ayant la sensation de lire dans ses pensées, il devina qu'elle craignait d'être contrainte de céder à la proposition de Roderic.

Mais au lieu de cela, il demanda :

– Si vous avez un jour des raisons d'être effrayée, et que vous pensez que je puisse vous être de quelque utilité, viendrez-vous à moi sans hésiter?

– Vous parlez... sérieusement?

– Je vous l'affirme. Et je vous aiderai dans toute la mesure de mes moyens.

Elle émit un petit soupir de soulagement qui semblait surgir du plus profond de son être, puis répondit :

– Merci... merci! Dès le moment où j'ai aperçu votre maison, j'ai su que j'avais raison de venir vous voir!

– Que voulez-vous dire?

Il eut un court instant l'impression qu'elle n'allait pas répondre. Mais elle murmura, les yeux levés vers le firmament :

– Ce que papa appelait mon « intuition » m'a dit qu'auprès de vous je trouverais de l'aide, et je ne me suis pas trompée!

Le marquis comprenait parfaitement ce qu'elle avait exprimé avec tant de simplicité. Il avait toujours ressenti la même chose en période de danger, lorsqu'il se trouvait dans une situation dont même une intense réflexion ne pouvait le faire sortir. Il utilisait alors toujours son instinct ou une force plus secrète encore. Les mots lui manquaient pour décrire ce phénomène étrange qui l'avait sauvé de nombreuses fois.

– Vous étiez donc sûre que je vous viendrais en aide?

Diona se tourna de nouveau vers lui.

– Cela ne m'empêchait pas cependant d'avoir peur, avoua-t-elle.

– Et maintenant?

– J'ai toujours peur, mais pas de vous.

– Laissez-moi vous aider à dissiper les frayeurs qui vous restent, dit-il.

Elle secoua la tête.

– Personne ne le peut... mais si vous me permettiez... de rester ici quelque temps... Sirius et moi vous en serions très reconnaissants.

– Je vous ai déjà dit que je cherche un moyen de vous aider. Étant donné que je ne crois pas aux décisions hâtives, il va de soi qu'en attendant vous êtes mon invitée.

Il vit que les étoiles se reflétaient dans les yeux de la jeune fille, tandis qu'elle s'écriait :

– Merci... je ne puis vous exprimer ma gratitude! Je suis tellement soulagée de ne pas dormir ce soir dans une botte de foin ou sous une haie, comme je craignais d'y être obligée!

Le marquis se mit à rire.

– Je pense que vous trouverez le lit de la chambre du Dauphin beaucoup plus confortable!

Elle détourna son regard, mais il eut le sentiment qu'elle ne voyait ni Sirius et Roderic qui se déplaçaient au bout du jardin, ni les étoiles qui se reflétaient dans l'étang derrière eux.

Soudain, elle dit à voix basse, comme se parlant à elle-même :

– Je crois que maman serait... choquée de me savoir votre invitée dans de telles conditions. Mais, étrangement, je sens que c'est ici que je dois être... et que c'est la providence qui m'a conduite jusqu'à vous.

Roderic venait de les rejoindre et à la surprise du marquis, Diona ajouta aussitôt :

– J'espère, my lord, que vous n'en voudrez ni à Sirius ni à moi si nous prenons maintenant congé de

105

vous, mais je me sens très fatiguée. La journée a été très éprouvante, et les soucis et l'anxiété m'ont épuisée bien plus que si j'avais passé toute une journée à cheval!

Le marquis se trouvait toujours confronté à des femmes qui inventaient mille prétextes pour ne pas perdre un seul instant de sa compagnie. Elles se montraient prêtes à rester debout la nuit entière plutôt qu'à se retirer sauf, bien entendu, s'il les accompagnait. Surmontant son étonnement, il répondit :

– Je pense que vous êtes très sage, Diona, d'aller vous reposer. Je devine que dans votre montagne de bagages doit bien se trouver un habit dans lequel vous pourriez monter à cheval! Je suggère donc que vous vous joigniez à Roderic et à moi-même pour le petit déjeuner, et que vous m'aidiez ensuite à faire prendre l'air à mes chevaux?

Diona le regarda fixement, puis elle émit un petit cri de joie, infiniment plus éloquent que des mots.

– Vraiment? Je pourrai vous accompagner? s'exclama-t-elle. J'ai une jupe de cheval, mais j'ai bien peur de ne pas avoir l'air très... conventionnel!

– Personne d'autre que les chevaux n'aura l'occasion de vous voir, observa le marquis, et je doute fort qu'ils protestent!

Elle eut un petit rire, et demanda :

– A quelle heure prenez-vous le petit déjeuner? Je vous promets de ne pas être en retard!

– A huit heures. Si vous dormez toujours, soyez assurée que Roderic et moi comprendrons parfaitement, et nous nous mettrons en route sans vous!

Il avait voulu la taquiner, mais elle s'écria :

– Je serai debout et habillée à six heures, pour être sûre de ne pas vous faire attendre!

– Ce ne sera pas nécessaire, répliqua le marquis. Il vous suffit simplement de dire à Mrs Fielding à quelle heure vous désirez être réveillée.

– Suis-je sotte! s'exclama-t-elle. Cela ne m'est pas venu à l'esprit car j'avais l'habitude, à la maison, de me lever seule.

Le marquis se dit que Diona venait de laisser échapper là un détail intéressant : elle venait d'un endroit où le nombre des domestiques était sans doute réduit. Cependant, à la façon dont elle s'était comportée pendant le dîner et à la manière dont elle s'était servie de chaque plat qui lui était présenté, il avait compris qu'elle était accoutumée à être entourée de serviteurs. Elle avait fermement refusé le vin qui lui était proposé comme si elle avait eu à le faire chaque jour, au point que cela était devenu un réflexe naturel.

En montant se coucher le marquis tenta de se remémorer toutes les choses que Diona avait dites ou faites depuis son arrivée au manoir. Lorsqu'il fut allongé dans le noir il s'avoua que l'énigme qu'elle représentait était aussi fascinante que tous les mystères auxquels il avait été confronté au cours de sa vie, mais infiniment plus séduisante. Il savait qu'il lui faudrait se résoudre dans un proche avenir à lui trouver un emploi chez lui, ce qui soulèverait de nombreuses difficultés.

Il pouvait difficilement la rétribuer pour qu'elle s'occupât de ses chiens, tout en continuant à dîner en sa compagnie. Si elle devenait « employée de chenil », selon une expression utilisée par Roderic, elle devrait s'installer ailleurs que chez lui. Le marquis était pratiquement certain que ce problème ne s'était pas encore posé dans l'esprit de Diona. Il savait cependant que cela ne tarderait pas à se produire et se demandait comment elle réagirait alors.

Bien qu'elle ne l'eût pas dit explicitement, et qu'il eût grand-peine pour sa part à imaginer de telles circonstances, il avait compris que la fuite de la jeune fille et son arrivée chez lui avaient un rapport avec Sirius. Jamais auparavant il n'avait rencontré une femme qui, au lieu de se suspendre à ses paroles et de consacrer toutes ses facultés à se rapprocher de lui, se détournait constamment afin de s'assurer que son chien se portait bien. De même, un procédé bien souvent utilisé par les créatures ravissantes qu'il avait fréquentées, dans le but de faire admirer la ligne classique et gracieuse de leur cou, consistait à rejeter la tête en arrière sous le prétexte d'admirer les étoiles; Diona avait fait ce geste tout à fait naturellement, sans même se rendre compte qu'elle était observée, ou que ce mouvement pût avoir une signification particulière.

Lorsqu'elle avait manifesté le désir de se retirer, elle avait tendu ses mains vers lui en disant :

– Je vous remercie du fond du cœur, my lord, pour votre bonté. Je n'oublierai jamais la merveilleuse soirée que je viens de passer...

Le marquis s'attendait à ce qu'elle ajoutât, comme toutes les autres femmes l'avaient fait d'une voix chaude et ensorcelante : « ... tout près de vous! »

Au lieu de cela Diona poursuivit :

– ... à admirer votre splendide maison, que vous me permettrez peut-être de visiter demain, et à savourer un dîner en tous points délicieux.

– Je suis heureux que cela vous ait plu, répondit le marquis d'un ton conventionnel.

– Sirius désire aussi vous remercier.

A son ordre, le chien fit instantanément le beau.

– Dis merci, Sirius!

Il inclina aussitôt la tête.

– Superbe! s'exclama le marquis. Je vois qu'il est bien dressé, et bien entendu tout à fait sincère dans l'expression de sa reconnaissance!

– Nous le sommes tous les deux.

Elle sourit sans la moindre trace d'affectation ou de coquetterie. Dans son regard la gratitude avait chassé la crainte.

Avec une révérence elle dit bonsoir à Roderic et les deux hommes l'escortèrent jusqu'au pied de l'escalier. Elle les salua une nouvelle fois et, comme une petite fille, bondit sur les marches afin de faire une course avec Sirius. Arrivée à l'étage, elle se retourna et fit en direction du marquis et de Roderic, qui l'observaient d'en bas, un signe de la main spontané et joyeux. Puis elle se mit à nouveau à courir avec son chien le long du large corridor qui menait à sa chambre.

– Elle est parfaite! s'exclama Roderic. Absolument parfaite! Oh! oncle Lenox, je meurs d'impatience de voir la tête de sir Mortimer lorsque je la présenterai!

Le marquis ne répondit pas. Il retourna vers le salon, le front barré d'un pli soucieux. Pour quelque raison inexplicable il lui déplaisait de penser qu'un être aussi limpide que Diona pût se trouver en contact avec sir Mortimer Watson.

5

Simon pénétra dans la salle à manger où son père avait déjà pris place au bout de la longue table.

Tandis qu'il se servait abondamment dans les plats en argent disposés sur la desserte, il demanda :

– Y a-t-il du nouveau au sujet de Diona?

Sir Hereward resta un instant silencieux.

– Quand elle aura faim, elle reviendra, grommela-t-il enfin.

Simon s'assit et commença à engloutir de la manière fruste qui avait toujours répugné à sa cousine.

Soudain sir Hereward, qui avait entrepris d'ouvrir son courrier, poussa une exclamation.

– Bon sang!

Au timbre rauque de sa voix, Simon leva les yeux.

– Que se passe-t-il, papa?

– Je n'arrive pas à le croire!

– A croire quoi? s'enquit Simon.

Sir Hereward fixait la lettre qu'il tenait en main d'un air stupéfait. Il dit enfin :

– Les avocats de ton oncle Harry m'envoient ceci

pour me faire savoir que Diona vient d'hériter d'une grosse fortune qui lui a été léguée par sa marraine!

– Une fortune? répéta Simon.

– Quatre-vingt mille livres, pour être exact.

– Mais je croyais qu'elle n'avait pas d'argent! s'écria Simon d'un ton geignard.

– Elle n'en avait pas, effectivement! rétorqua son père sèchement. Mais sa marraine, une femme dont je n'ai d'ailleurs jamais entendu parler, lui a laissé cette somme considérable et les avocats comme il se doit, viennent de m'en avertir puisque je suis son tuteur.

– Mais vous ne savez pas où elle se trouve! prononça Simon.

Sir Hereward fronça un instant les sourcils devant ce nouveau témoignage de lourdeur d'esprit, puis murmura tout à coup, comme s'il se parlait à lui-même.

– Quatre-vingt mille livres! Et elle n'a même pas dix-neuf ans! Il me vient une idée, Simon, qui te sera très profitable.

– A moi, papa?

– Oui, à toi, mon fils.

Si Diona avait pu, à cet instant, voir le sourire mauvais qui accompagnait ces derniers mots, elle en eût ressenti une frayeur sans bornes.

Tandis que la jeune fille et ses deux compagnons rentraient au manoir après leur promenade matinale, Diona songea que les trois jours qui venaient de s'écouler avaient été les plus heureux de sa vie.

Non seulement elle avait pu monter les superbes chevaux du marquis, mais le fait même de goûter la compagnie de ce dernier et celle de son neveu était une joie qui la faisait sauter hors du lit chaque matin, impatiente de jouir des promesses d'un nouveau jour.

Après le petit déjeuner, ils partaient tous les trois galoper à travers les prairies, rivalisant parfois de vitesse, puis allaient au pas dans les allées ombragées des sous-bois. Avant de rentrer, ils faisaient franchir à leurs chevaux une douzaine de haies.

Ils s'en retournaient maintenant vers la maison. Diona savait déjà que les attendait un délicieux déjeuner qui serait, comme de coutume, agrémenté par une conversation aussi éblouissante que le soleil luisant au-dessus de leur tête.

Depuis la mort de son père, sa soif d'apprendre n'avait jamais été satisfaite. Aussi, depuis qu'elle se trouvait chez le marquis, allait-elle chaque soir se coucher en savourant et en retournant inlassablement dans sa tête non seulement ce qui avait été dit, mais ce dont elle désirait discuter le lendemain.

Il lui fallait admettre que les discussions les plus intéressantes étaient celles qui s'échangeaient entre son hôte et elle-même. Mais Roderic savait écouter et il prenait parfois le parti de l'un d'entre eux, apportant ainsi à l'entretien un piment nouveau.

Elle se réveillait parfois au milieu de la nuit avec la sensation d'avoir rêvé tout ce qui lui arrivait. Elle craignait d'allumer une chandelle, de peur que la lumière ne fît apparaître, au lieu des rideaux splendides qui ornaient le lit de la chambre du Dauphin, les tentures marron foncé de sa chambre de Grantley Hall, dont la couleur symbolisait à ses yeux le caractère terne de la maison et de ses habitants.

Le bonheur qu'elle éprouvait commençait à dissiper peu à peu la terreur que la menace de son oncle avait fait surgir en elle. La crainte de perdre Sirius s'atténuait. Elle était ravie de constater que les chiens du marquis, sans doute très bien soignés, ne surclassaient pas Sirius, et le responsable du chenil lui-même admettait que celui-ci était un dalmatien exceptionnel.

Il courait à présent à côté des chevaux. Les longues promenades qu'il avait faites au cours de ces derniers jours lui avaient été bénéfiques, et elle se dit qu'il n'existait pas au monde de chien plus beau ni plus attirant.

Comme le marquis se tournait vers elle juste à cet instant, elle songea que ces deux adjectifs pouvaient aussi bien lui être appliqués.

– Je pense, oncle Lenox, prononçait Roderic, que j'ai le temps de faire faire à mon cheval un parcours sur le terrain de course. Je veux le tester avant de choisir ma monture pour votre steeple-chase.

Le marquis sourit mais ne répondit pas et Roderic, au lieu de franchir le pont qui conduisait vers le manoir, s'éloigna au galop de son cheval, vers l'autre extrémité du domaine.

– Il est bien enthousiaste! dit Diona alors qu'ils traversaient au pas le pont de pierre. Pensez-vous qu'il ait une chance de gagner?

Elle ajouta en riant, avant même qu'il pût répondre :

– Je peux, je crois, répondre moi-même à cette question : pas si vous participez vous-même à la compétition!

– Etes-vous en train de suggérer qu'il faudrait me donner un handicap? s'enquit le marquis.

– Mais bien sûr! s'écria-t-elle. Vous excellez en tout de telle manière qu'il ne nous reste plus, à nous, pauvres mortels, la moindre chance!

– Vos compliments sont bien flatteurs, riposta-t-il, et je sens que vous allez me demander si vous

114

pouvez participer au steeple-chase, et monter *Champion* ou *Mercure* !

Il venait de citer le nom des deux chevaux que Diona avait montés avec le plus de plaisir; qu'il l'eût remarqué la surprenait. Brusquement elle se souvint qu'il lui était impossible de participer au steeple-chase et elle répondit simplement :

– Je pense que bien avant la compétition il vous faudra décider si vous désirez m'employer... sinon je devrai... chercher ailleurs.

De toutes les fibres de son être, elle priait pour ne pas se voir contrainte de quitter Irchester Park et son hôte. Comme ils venaient d'atteindre le perron du manoir, il prononça enfin :

– Lorsque vous vous serez changée, Diona, je désirerai vous parler. Je serai dans la bibliothèque.

Occupé à sauter à terre, il ne remarqua pas le coup d'œil inquiet qu'elle venait de lui jeter.

Elle se précipita dans sa chambre et ôta rapidement sa jupe de cheval, s'interrogeant nerveusement sur ce qu'il avait à lui dire. Elle se changea fébrilement sans perdre trop de temps devant son miroir et retira simplement de ses cheveux quelques épingles destinées à les maintenir quand elle était à cheval, pendant qu'Emily attachait sa robe de mousseline blanche. C'était une tenue très simple, que Diona avait achetée peu de temps auparavant et qu'elle avait ornée de rubans vert pâle, de la même nuance que les premiers bourgeons du printemps.

Au moment de sortir, elle se demanda si elle n'aurait pas dû mettre sa robe de mousseline à fleurs; elle choisit deux boutons de rose blancs dans un vase posé sur sa coiffeuse et les épingla sur le devant de sa robe.

– Comme c'est joli, miss! s'exclama la femme de chambre.

Diona lui sourit et s'élança hors de la pièce puis dévala l'escalier afin de rejoindre au plus vite le marquis.

Comme elle s'y attendait, il était assis dans son fauteuil favori, près de la grande cheminée surmontée d'un panneau de bois, avec les armoiries des Irchester. Elle eût trouvé normal qu'il figurât aussi en portrait, exécuté par quelque grand artiste, en bonne place dans la galerie de ses ancêtres.

Son visage était grave et devant l'expression non moins sérieuse de son regard gris, elle s'immobilisa devant lui, soudain anxieuse.

– Que... que se passe-t-il? demanda-t-elle. Ai-je... fait quelque chose qui vous a déplu?

– Non, bien sûr que non! répondit-il. Mais je veux vous parler de votre avenir.

Elle eut la sensation qu'une main glacée lui serrait le cœur.

– Mr Nairn... vous a-t-il de nouveau importuné avec son... pari?

– Il n'a certes pas manqué de m'en parler de nouveau!

– J'ai peur que vous ne soyez très fâché contre moi, dit-elle d'un ton hésitant, mais... je vous en prie... je ne peux pas faire ce qu'il me demande.

– Pourquoi pas?

– Je sais que mon père et ma mère n'auraient pas approuvé tout cela. D'autre part... je ne peux pas aller à Londres.

– Avez-vous l'intention de m'expliquer pourquoi?

– N... non. Cela m'est impossible.

Craignant qu'il ne fût contrarié par sa réserve, elle le regarda d'un air implorant.

116

– Je vous en prie... je vous en prie, essayez de comprendre! Vous savez que je me cache... et si je vais à Londres, je risque de rencontrer des gens qui me reconnaîtront!

Le marquis eut l'air surpris.

– Je pensais que vous m'aviez dit n'être jamais allée à Londres!

– C'est vrai, mais j'ai déjà rencontré des gens de Londres, et si je joue le rôle que Mr Nairn...

Sa voix se brisa. Bouleversée à l'idée que le marquis pût se montrer plus insistant, elle se laissa tomber à genoux près de son fauteuil.

– Je vous en prie, aidez-moi! supplia-t-elle. Tout est si compliqué... et j'ai été si heureuse ici avec vous!

Le marquis posa les yeux sur elle et elle comprit, bien qu'il ne dît rien, qu'elle avait su l'atteindre et qu'il la comprenait.

Avec un calme parfait, il dit alors :

– Vous dites que vous avez été heureuse avec moi, Diona, et comme j'ai été aussi très heureux avec vous, j'ai une proposition à vous faire.

Elle le regarda, étonnée de le voir hésiter comme s'il avait besoin de choisir ses mots.

– Je sais que vous vous cachez, et j'espère qu'un jour vous me ferez suffisamment confiance pour me révéler votre secret. En attendant, étant donné que vous ne pouvez pas rester ici indéfiniment, je suggère que vous m'accompagniez à Londres, et me laissiez vous protéger.

– A Londres! s'écria Diona. Mais il faut que je travaille!

– Pas en tant qu'employée de chenil.

– Mais... que puis-je faire alors?

Il sembla de nouveau chercher ses mots avant de répondre :

– Je possède une petite maison où Sirius et vous seriez très confortablement installés, et tout à fait en sécurité. Je ne pourrai pas être avec vous tout le temps, mais nous serons néanmoins très souvent ensemble; et il me sera possible quelquefois de vous emmener dans l'une de mes autres propriétés où vous pourrez monter à cheval.

Il comprit, dès qu'il eut refermé la bouche, que Diona le fixait avec ahurissement, fouillant son regard en quête d'une explication.

– Je me sentirais en sécurité avec vous, dit-elle, mais je ne vois pas bien... pourquoi vous désirez... que j'aille à Londres, ni comment je pourrais gagner ma vie?

Le marquis tendit la main vers elle et, après un moment d'hésitation, elle lui tendit la sienne. Il l'attira doucement plus près de lui et entoura ses épaules de son bras. A son contact elle prit conscience de sa force et sentit resurgir entre eux les vibrations qui les avaient déjà réunis auparavant.

– Vous êtes très charmante, murmura-t-il d'une voix grave et très jeune. Et il faut que quelqu'un prenne soin de vous.

La façon dont il venait de dire cela fit naître dans la poitrine de la jeune fille une émotion inconnue. Les yeux du marquis plongeaient dans les siens, et elle eut tout à coup l'impression qu'ils devenaient de plus en plus grands, et envahissaient le monde entier, où plus personne d'autre n'existait que lui.

– Nous serons très heureux ensemble, dit-il doucement.

La porte de la bibliothèque s'ouvrit et Diona bondit sur ses pieds. Tandis que le marquis se levait aussi, Dawson pénétra dans la pièce.

– Sir Hereward Grantley et Mr Simon Grantley, my lord, annonça-t-il.

Diona poussa un cri étouffé et Sirius, qui était resté allongé près du fauteuil du marquis, se mit à grogner.

D'une démarche mal assurée à cause de sa goutte, sir Hereward entra dans la pièce, suivi de son fils. S'appuyant sur une canne à pommeau d'ivoire, il avançait dans un silence pesant, et Diona eut la sensation d'être changée en pierre.

Arrivé à leur hauteur, il s'immobilisa. Ignorant délibérément le marquis, il fixa Diona d'un regard perçant et dit brutalement :

– Alors, te voilà! Tu peux te vanter de m'avoir donné du fil à retordre en disparaissant de cette manière inqualifiable!

Diona se rendit compte qu'elle avait oublié de respirer depuis l'apparition de son oncle. Un tremblement irrépressible s'empara d'elle, et Sirius grogna de nouveau. Comme si la voix de son chien avait eu le pouvoir de la ramener à la réalité, elle articula :

– Je me suis enfuie... pour sauver Sirius, oncle Hereward! Vous alliez donner l'ordre de le faire abattre... et je ne pouvais pas le perdre... je ne pouvais pas!

– Tu aurais dû m'en parler au lieu de te comporter comme une sotte! répliqua son oncle.

Se souvenant soudain qu'il la cherchait pour une autre raison, il ajouta :

– Tu peux rentrer à la maison maintenant et, si Sirius se comporte convenablement à l'avenir, je reviendrai sur ma décision.

Devant ce changement de ton tellement inattendu, Diona faillit crier d'étonnement. Tout à coup, comme s'il ne lui était plus possible de garder le silence, Simon s'exclama :

– Papa veut dire que maintenant que vous avez hérité vous pourrez payer pour l'entretien de Sirius et les dettes de votre père!

– Tais-toi, Simon! cria sir Hereward d'une voix coupante.

Il tourna la tête pour jeter à son fils un regard réprobateur et fit mine de s'apercevoir seulement de la présence du marquis. Tendant la main il expliqua :

– Veuillez m'excuser, my lord, de m'imposer à vous de cette manière, mais j'ai appris très tardivement hier soir que ma nièce, dont l'indiscipline dépasse toutes les bornes, se trouvait chez vous.

Le marquis ignora son geste et se contenta de dire :

– Je serais fort intéressé de comprendre la cause de tout ceci.

– Je vais vous expliquer, intervint Simon, incapable de se contenir. Ma cousine vient d'hériter de sa marraine d'une fortune de quatre-vingt mille livres. Vous vous rendez compte! Quatre-vingt mille livres pour quelqu'un d'aussi jeune!

– Je... je ne sais pas de quoi vous voulez parler! s'écria Diona.

– Inutile d'étaler nos affaires personnelles devant des étrangers! jeta sèchement sir Hereward. Une voiture nous attend dehors et maintenant, Diona, tu vas rentrer avec moi à la maison. Je t'expliquerai tout ce que tu as besoin de savoir.

– Je suis désolée... oncle Hereward, mais je ne peux plus vivre chez vous... J'y ai été très malheureuse... Malgré mes supplications... vous vouliez faire abattre Sirius... Je ne courrai plus le risque de

120

me trouver de nouveau dans une telle situation.

– Je t'ai dit que tu pouvais garder cet animal! dit sir Hereward avec colère.

Simon fit chorus :

– Vous pouvez le garder, parce que vous allez m'épouser! Et avec quatre-vingt mille livres, vous pourrez avoir tous les chiens que vous voulez!

– Je... que dites-vous?

Elle sentait monter en elle une terreur insurmontable qui la suffoquait presque.

– Vas-tu te taire, Simon! tonna sir Hereward, et me laisser régler cela!

Simon, à qui son père ne refusait jamais rien, se montra peu impressionné et dédia à sa cousine un sourire qui lui donna la chair de poule. Il avait eu le même sourire à Grantley Hall lors de ses tentatives pour l'embrasser. La jeune fille le regardait maintenant avec la même expression que lorsqu'elle s'était débattue.

Sir Hereward, rassuré par le silence de son fils, se tourna de nouveau vers le marquis.

– Je vous prie de m'excuser, my lord, si je vous impose nos querelles de famille de façon aussi inconvenante. Je vais maintenant emmener ma nièce, et elle va ainsi cesser de vous causer des ennuis.

D'un mouvement involontaire, Diona se rapprocha du marquis.

– Étant donné que je me sens tout à fait concerné par les affaires de votre nièce, dit celui-ci avec autorité, je pense que vous me devez une explication. Quels plans avez-vous faits pour son avenir?

– Je ne vois aucune raison... commença sir Hereward.

Mais comme une force émanant du marquis le poussait à répondre, il expliqua après une pause :

– Ma nièce est orpheline, et j'ai projeté de la marier à mon fils qui héritera en son temps de mon titre et de tous mes biens.

– Et vous pensez que votre nièce consentira à un tel arrangement ?

La provocation était évidente. Le visage de sir Hereward devint plus pourpre encore qu'à l'ordinaire et lorsqu'il parla, sa voix trahissait la colère.

– Je suis son tuteur et, comme Votre Seigneurie le sait fort bien, elle doit selon la loi se soumettre à toutes les décisions qui m'agréent.

La pleine signification de ces paroles pénétrait lentement l'esprit de Diona. Elle comprenait qu'il ne lui restait plus d'autre solution que de s'enfuir et se cacher à nouveau.

Son corps se raidit alors qu'elle s'apprêtait à prendre son élan pour se précipiter hors de la pièce, mais le marquis, intuitivement averti de son intention, saisit son poignet et le maintint fermement. Tout comme s'il l'avait rattrapée à mi-chemin, elle lui jeta un regard de reproche et il se rendit compte qu'elle tremblait de peur.

Sirius, conscient de l'émotion qui agitait sa maîtresse, laissa échapper des grognements menaçants. Les doigts du marquis se resserrèrent autour du poignet de Diona et elle eut l'impression qu'il prenait soin de l'attirer vers lui avant de déclarer :

– Je crains, sir Hereward, que vos plans ne soient pas réalisables, car Diona est déjà ma fiancée.

Un silence stupéfait accueillit ces paroles.

La jeune fille, le souffle coupé, entendit Simon s'écrier :

– Vous ne pouvez pas la prendre ! Elle est à moi ! A

moi! Papa a dit qu'elle allait m'épouser et c'est ce qu'elle doit faire!

Le marquis ignora son intervention. Il observait sir Hereward qui avait saisi la portée de ses paroles, mais ne savait encore quelle réaction adopter.

Lorsque la voix aiguë et surexcitée de son fils se tut, il dit en pesant chaque mot :

– Elle ne peut pas se marier sans mon consentement!

– Je ne l'ignore pas, répliqua le marquis avec calme. Mais je doute fort que vous refusiez de le lui accorder.

Leurs regards se croisèrent. Tandis que sir Hereward fixait son interlocuteur avec fureur, les yeux du marquis reflétaient un mépris évident.

Sir Hereward, comprenant apparemment qu'il était battu, s'écria :

– Dans les circonstances présentes, je souhaite simplement que Votre Seigneurie sache bien ce qu'elle fait, et n'ait pas à s'en repentir.

Le marquis ne répondit rien, et sir Hereward poursuivit après une pause :

– J'imagine que nos avocats doivent maintenant se mettre en rapport avec vous afin de discuter le contrat de mariage?

Impassible, le marquis se taisait. Comme il n'invitait pas ses visiteurs à s'asseoir, sir Hereward, prenant brusquement conscience du fait qu'il était indésirable, déclara :

– J'attends donc des nouvelles de Votre Seigneurie!

Sans un regard pour Diona, il se dirigea lentement vers la porte, dans un vain effort de dignité.

– Mais papa, protesta Simon, vous me l'aviez promis! Vous m'avez dit que j'épouserais Diona!

Pourquoi en épouse-t-elle un autre? Ce n'est pas juste! Et il n'a même pas besoin de son argent. Il en a autant qu'il le désire!

Sir Hereward décida d'ignorer cette sortie. Il atteignit la porte et la franchit sans se retourner et sans la refermer.

Un moment encore les protestations geignardes de Simon se firent entendre dans le corridor.

Lorsqu'elles se furent complètement tues, le marquis relâcha le poignet de la jeune fille. Trop faible pour se tenir debout, elle se laissa tomber sur le sol auprès de Sirius qu'elle enlaça de ses bras. Il frotta doucement son museau sur sa joue et se serra contre elle, la sentant au bord des larmes.

Le marquis se dirigea vers la porte.

– Nous partirons pour Londres immédiatement après le déjeuner, lança-t-il.

Diona ne comprit pas tout de suite la signification de ces mots.

– Londres? murmura-t-elle.

Elle s'aperçut tout à coup qu'à l'exception de Sirius, elle était seule dans la pièce.

Le marquis conduisait à une telle allure qu'il était impossible de parler, et Diona fut soulagée de ne pas se trouver en situation de poser des questions. Par un immense effort de volonté, elle avait pu endiguer le flot de larmes qui l'avait assaillie dans sa chambre et lorsqu'elle était descendue pour le déjeuner elle avait retrouvé une apparence à peu près normale.

En arrivant dans la bibliothèque elle y avait trouvé Roderic en compagnie du marquis et s'était demandé s'il avait été mis au courant de la scène pénible qui avait eu lieu dans cette même pièce. Elle n'avait absolument aucune envie d'en parler et le marquis, comme s'il avait deviné ses sentiments, durant tout le repas avait mis la conversation sur le steeple-chase. Il avait expliqué à son neveu en quoi consistait le règlement de l'épreuve et débattu avec lui de la liste des gens qu'il allait inviter à y participer. Cet échange avait rassuré Diona : Roderic ignorait que son oncle avait reçu de la visite pendant son absence.

Elle fut étonnée cependant que le jeune homme ne semblât pas plus curieux de connaître la raison de leur départ soudain. Elle avait l'impression désagréable qu'il l'interprétait comme une preuve de sollicitude de son oncle, imaginant que celui-ci, afin de favoriser ses projets, désirait s'assurer que la jeune fille pût se reposer et se préparer à subir l'épreuve imposée par sir Mortimer. « Il va falloir lui expliquer à un moment ou à un autre que je ne me cache plus, songea-t-elle, et que la fille d'Harry Grantley ne peut en aucun cas se commettre dans quoi que ce soit de ce genre. » Elle pouvait faire confiance pour cela au marquis. Il l'avait sauvée une fois et la sauverait encore. Il avait déjà fait preuve à son égard de tant de sollicitude ! Et pourtant, elle ne savait presque rien de ce qu'il pensait ou ressentait, sauf cependant qu'il n'avait aucune intention de l'épouser. Cela, elle en était certaine.

Elle était encore décontenancée par la proposition qu'il lui avait faite juste avant l'arrivée de son oncle, et s'efforçait de saisir ce qu'il avait voulu lui faire comprendre. Elle s'interrogeait aussi sur les sensations étranges que le simple son de sa voix ou le fait qu'il mît le bras autour de son épaule avaient le pouvoir de soulever en elle. Bien qu'une telle idée parût inimaginable, elle avait le sentiment que, si son oncle n'était pas survenu inopinément, le marquis l'eût embrassée. Lorsqu'il l'avait attirée près de lui, elle avait senti un éclair de feu la traverser et, l'espace de quelques secondes, elle avait été incapable de respirer, de penser. Elle se demanda ce qu'elle aurait éprouvé s'il lui avait donné un baiser. Tandis qu'il se concentrait sur la conduite de son véhicule, elle lui jeta un regard à la dérobée. A voir son visage si extraordinairement séduisant, elle comprit brusquement qu'elle désirait le contact de ses lèvres. Elle voulait qu'il l'embrassât et savait que ce serait une découverte merveilleuse.

Les lourdes avances de Simon l'avaient révoltée et, lorsqu'elle s'était enfuie, elle s'était dit qu'elle détestait ce genre de contact et qu'elle ne permettrait à aucun homme de l'embrasser. Elle s'avouait maintenant qu'elle aspirait à être embrassée par le marquis et se demandait si, sachant à présent qui elle était, il le tenterait de nouveau.

Elle savait d'instinct que, s'il l'avait désignée comme sa fiancée, c'était uniquement pour la sauver du triste sort qui l'attendait auprès de Simon. Il n'avait en réalité, elle en était certaine, aucune intention de l'épouser.

Tandis qu'ils approchaient de Londres, elle eut une illumination et comprit tout à coup, ce qu'il lui avait réellement proposé. Comme elle avait été stupide! Il avait tout simplement suggéré de la cacher puisqu'elle le désirait, tout en veillant sur elle et en la protégeant; mais sans faire d'elle sa femme, bien sûr.

Diona était d'une innocence totale et ne connaissait rien aux relations amoureuses. Elle avait assisté au bonheur de ses parents et savait que, si elle se mariait jamais, elle choisirait un homme avec qui elle pût éprouver les mêmes sentiments. Cependant, elle n'ignorait pas qu'il existait d'autres formes d'amour. Tout ce que faisait ou disait Simon lui répugnait mais elle savait bien qu'elle l'attirait parce qu'elle était une femme, et que cela seul expliquait qu'il ressentît le désir de la toucher et de l'embrasser.

Le marquis s'était comporté différemment, mais il ne lui offrait pas non plus l'amour qu'elle espérait, un amour merveilleux, sacré, brillant et sans voile comme le soleil. « Il m'a sauvée mais je ne dois pas m'imposer à lui », se dit-elle.

Elle n'avait aucune idée de ce qu'elle devait faire, mais elle craignait que, sans la présence et la protection du marquis, son oncle ne tentât de nouveau de la marier à Simon. Or, rien, rien ne lui paraissait plus horrible et plus dégradant qu'une telle perspective. La simple idée de se trouver liée à son cousin, et dans une situation où il aurait le droit de lui imposer son odieux contact, lui donnait la sensation d'être tombée dans une fosse de serpents.

Elle devait avoir frissonné à cette évocation, car le marquis tourna la tête et lui demanda :

– Comment vous sentez-vous? Vous n'avez pas froid?

– Non... bien sûr que non, répondit-elle.

Ils s'arrêtèrent peu de temps après pour changer de chevaux et reprirent immédiatement la route.

Roderic voyageait avec Sam dans un autre phaéton et Diona devinait que le marquis allait s'attacher, dans la mesure du possible, à battre son propre record.

Lorsque le véhicule s'arrêta devant Irchester House, Diona jeta un coup d'œil inquiet au marquis, appréhendant ce qui l'attendait dans cette nouvelle demeure. Elle pénétra dans le hall à ses côtés et un homme âgé s'avança vers eux. Pour avoir entendu mentionner son nom au cours de conversations entre Roderic et le marquis, elle comprit qu'il s'agissait du secrétaire qui s'occupait de toutes les propriétés.

– Avez-vous reçu mon message, Swaythling? s'enquit le marquis.

– Oui, my lord. Le valet me l'a apporté il y a à peu près une heure et demie.

– Vous avez transmis toutes mes instructions?

– Tout a été organisé, my lord.

– Parfait!

Le marquis se tourna vers Diona et lui dit :

– Voici mon secrétaire, Mr Swaythling, qui, avec la compétence dont il est coutumier, a réussi à vous trouver un chaperon en un temps record.

Diona tendit la main et le secrétaire la serra.

– J'espère, miss Grantley, que nos arrangements vous conviendront. Je suis sûr que vous avez le désir de vous rafraîchir et de vous changer après un voyage probablement précipité à tout point de vue. Notre gouvernante, Mrs Norton, vous attend au premier étage.

– Merci, dit Diona.

Comme le marquis n'ajoutait rien, la jeune fille eut le sentiment que l'on venait de lui donner congé et elle gravit les marches de l'escalier avec un pesant sentiment de solitude et d'abandon. Elle avait compris que son statut avait changé en entendant Mr Swaythling l'appeler par son nom.

Mrs Norton s'inclina dans une révérence.

– Vous devez vous sentir fatiguée, miss. Arriver de la campagne à la vitesse à laquelle conduit Sa Seigneurie! Je serais terrorisée de me trouver dans

128

un de ces nouveaux phaétons si élégants et qui vont si vite!

– J'ai trouvé cela grisant, répondit Diona, mais j'ai vraiment l'impression d'être toute sale et décoiffée.

Elle avait revêtu pour voyager sa plus jolie robe et son plus joli chapeau, et ne se sentit pas déplacée lorsqu'elle fut conduite dans une grande et jolie pièce dont les fenêtres donnaient sur un jardin.

– J'ai cru comprendre, miss, que vos bagages se sont égarés, mais les couturiers seront ici dans une heure.

– Les couturiers? s'exclama Diona.

Elle fut sur le point de dire qu'elle ne pouvait pas se permettre de dépenser le moindre argent en toilettes, ni autoriser le marquis à les lui offrir, lorsqu'elle se souvint brusquement qu'elle était riche.

Elle avait été si occupée à s'interroger sur la nature des sentiments que le marquis éprouvait à son égard, et bouleversée par la façon dont il l'avait sauvée, qu'elle n'avait plus pensé à la raison pour laquelle son oncle l'avait recherchée. Aussi incroyable que cela pût paraître, sa marraine lui avait donc légué une grosse somme d'argent.

Après tant de moqueries et de sarcasmes au sujet de son dénuement à Grantley Hall, et tant de critiques contre son père parce qu'il était mort en laissant des dettes, il semblait inconcevable qu'elle fût devenue riche.

Elle se souvenait très bien de sa marraine. Lady Campbell avait été une amie proche de sa mère, bien qu'elle ait été nettement plus âgée. Diona réfléchit qu'elle avait probablement dépassé soixante-dix ans. A la mort de ses parents la jeune fille aurait peut-être pu donner de ses nouvelles à sa marraine, au lieu de s'incliner devant les ordres de son oncle en se rendant à Grantley Hall pour vivre auprès de lui. Mais à cette époque elle avait perdu de vue lady Campbell depuis deux ou trois ans. Bien que celle-ci lui eût régulièrement envoyé une carte de Noël, Diona n'avait jamais songé à lui écrire dans le Northumberland, qui lui avait semblé se trouver à l'autre bout du monde. « Et pendant tout ce temps, se dit Diona amèrement, tout simplement parce que maman l'avait aimée et qu'elle aimait maman, elle songeait à faire de moi son héritière ! »

Comme il était facile maintenant de regarder en arrière et de souhaiter avoir agi différemment ! Mais elle s'était sentie si désemparée à la mort de ses parents qu'elle n'avait vu d'autre possibilité que d'obéir à son oncle et courber la tête devant les mauvais traitements qu'il lui infligeait. « J'ai été faible et sans volonté, pensa Diona, et c'est quelque chose qui ne serait jamais arrivé à papa. » Comme elle eût souhaité, ainsi que tant de gens l'avaient fait avant elle, « faire marche arrière ».

Si seulement elle avait pu recevoir cet argent lorsque son père était encore en vie ! Ils en auraient profité ensemble. Elle aurait pu lui acheter des chevaux qui n'avaient pas besoin d'être débourrés, au lieu de ces chevaux sauvages d'Irlande qui avaient causé sa perte. Ils se seraient tous les trois rendus à Londres, et elle aurait pu combler les vœux de sa mère en devenant une authentique « débutante ».

Mais il était trop tard maintenant, et son argent, qui la dispensait de dépendre de quiconque, n'avait plus aucune importance.

Brusquement lui revint à l'esprit un détail important, et dont elle devait s'occuper immédiatement. Dans sa hâte d'aller trouver le marquis à ce sujet, elle ne changea pas de robe mais se lava simplement le visage et les mains avec l'aide d'une femme de chambre visiblement très expérimentée, qui l'aida à se recoiffer.

Elle descendit l'escalier en courant et le valet de service du hall l'introduisit au salon.

Le marquis était déjà là, debout devant la cheminée à laquelle il tournait le dos. Elle s'élança vers lui et vit tout à coup, avec un vif sentiment de déception, qu'il n'était pas seul. Assise sur le canapé, une femme d'un certain âge, élégamment vêtue, levait les yeux vers lui avec admiration.

– Vous voici, Diona, dit le marquis lorsqu'elle fut près de lui, je tiens à ce que vous soyez très reconnaissante envers Mrs Lamborn, une de mes cousines, qui a très gentiment accepté sur-le-champ de venir ici afin de vous servir de chaperon.

Diona fit une révérence et Mrs Lamborn lui tendit la main.

– Je suis très heureuse de vous rencontrer, miss Grantley. Mon cousin m'apprend la merveilleuse nouvelle, et je dois présenter mes félicitations.

– J'ai toujours cru que les héritières étaient des laiderons, déclara le marquis d'une voix désagréable, comme s'il était déterminé à refroidir l'enthousiasme de Mrs Lamborn.

Elle se mit à rire.

– C'est une croyance populaire, rien de plus! Il est vrai qu'un certain nombre d'entre elles sont très quelconques et qu'elles ont besoin de leur argent pour ajouter à leur séduction! Ce n'est en tout cas certainement pas le cas de miss Grantley!

– Merci, dit Diona qui avait l'impression d'un échange parfaitement futile.

Elle se tourna vers le marquis et lui demanda d'un ton implorant :

– S'il vous plaît, pourriez-vous faire pour moi quelque chose de très urgent?

– De quoi s'agit-il?

– Si j'ai réellement autant d'argent qu'on le dit, ce qui me paraît encore une illusion, puis-je en envoyer immédiatement aux vieux serviteurs de mes parents qui ont dû se retirer à la mort de papa? Oncle Hereward s'est montré si mesquin à leur égard que je crains bien qu'ils n'aient pas assez à manger, ce qui est également le cas des gardiens de mon ancienne maison.

– Je suis sûr que Swaythling fera tout ce que vous lui demanderez, répliqua le marquis.

– Puis-je aller le voir maintenant?

– Bien sûr, si tel est votre désir.

– Où puis-je le trouver?

Comme s'il cédait aux exigences d'un enfant capricieux, le marquis traversa la pièce suivi de Diona. Une fois devant la porte, il se retourna et dit à Mrs Lamborn :

– Veuillez nous excuser, s'il vous plaît, Noreen.

– Mais bien sûr, acquiesça-t-elle.

Le marquis traversa le hall et emprunta un autre corridor. Arrivé devant une porte, il l'ouvrit, découvrant Mr Swaythling, assis derrière son bureau.

Celui-ci se leva aussitôt.

– Miss Grantley veut vous charger d'un certain nombre d'instructions concernant ses affaires. Comme il lui faudra un peu de temps pour entrer en possession de l'argent dont elle vient d'hériter, je suis bien sûr tout à fait prêt à être son banquier.

Diona le regarda avec consternation.

– Je suis vraiment désolée de vous causer tant de

difficultés, dit-elle, mais je me suis tellement inquiétée pour ces gens qui ont si bien servi maman et papa, et qui nous ont toujours fait confiance.

Elle sentit que le regard du marquis avait perdu un peu de sa dureté.

– Dans ce cas, il serait cruel de les laisser souffrir plus longtemps.

– Je savais que vous comprendriez.

– Il vous suffit donc de dire exactement à Mr Swaythling ce que vous voulez.

Il s'apprêtait à sortir du bureau lorsqu'elle posa la main sur son bras.

– J'aimerais vous voir seul quand cela vous sera possible.

– Mais bien sûr, répliqua-t-il. Je pense cependant que vous devez d'abord apprendre à connaître Mrs Lamborn. Vous verrez qu'elle se montrera très obligeante.

Mais il ne semblait plus s'adresser à elle de la même manière que par le passé. Et tandis qu'il s'éloignait, elle le suivit du regard, envahie soudain par un sentiment d'isolement et de désarroi. La voix de Mr Swaythling s'éleva tout à coup :

– Veuillez entrer et vous asseoir, miss Grantley, et expliquez-moi ce que je peux faire pour vous.

En montant se coucher ce soir-là, Diona songea avec désespoir que, de façon incompréhensible, elle avait perdu le marquis. Les événements s'étaient succédé si rapidement qu'elle n'avait pas eu le temps de reprendre son souffle; depuis que son oncle avait fait irruption à Irchester Park, tout avait changé.

Au dîner où était incluse Mrs Lamborn en plus de ses deux compagnons habituels, il avait surtout été question de personnes dont la jeune fille n'avait jamais entendu parler et qui étaient des parents du marquis et de sa cousine. Roderic n'avait cessé de bouder car le marquis lui avait dit que Diona ne pourrait être présentée à sir Mortimer. Il lui avait chuchoté, afin que Mrs Lamborn ne l'entendît pas, qu'il lui était interdit de dire un mot à ce sujet devant le chaperon; son oncle l'avait laissé tomber.

– Il aurait pu me laisser inspecter ses domaines et chercher s'il s'y trouvait une fermière aussi jolie que vous, dit-il à voix basse. Au moins, j'aurais eu le sentiment d'avoir fait tout mon possible.

– Êtes-vous sûr que le marquis ne peut pas vous aider? s'enquit Diona.

– Il m'a dit de le laisser faire, expliqua Roderic. Mais comment pourrais-je accepter de perdre ainsi la face devant tous mes amis, puisque je n'ai personne à leur présenter.

Diona sourit.

– S'il vous a dit de le laisser faire, je ne m'inquiéterais pas, à votre place, dit-elle. Je suis sûre qu'il trouvera une solution pour contrecarrer les plans de cet homme horrible.

– J'en doute, répliqua Roderic en soupirant.

Cette conversation se déroulait à une extrémité du salon, loin du marquis qui s'entretenait avec Mrs Lamborn.

Diona pensa qu'il serait maladroit de paraître tenir un conciliabule avec Roderic. Délibérément, elle rejoignit son hôte et son chaperon qui n'en manifestèrent aucun plaisir. Se sentant très fatiguée après les émotions de la journée, elle prit congé d'eux rapidement afin d'aller se coucher.

Elle sortit pour faire faire sa promenade à Sirius. Le jardin, peu étendu, portait l'empreinte du marquis. L'ordonnance en était magnifique avec son abondance de fleurs et ses arbres majestueux, et insolite dans une ville telle que Londres.

Elle monta ensuite dans sa chambre avec un sentiment profond de détresse et d'abandon.

Le lendemain, Mrs Lamborn emmena Diona faire des emplettes toute la journée. Le marquis étant sorti, elles déjeunèrent en tête à tête et ne retrouvèrent leur hôte qu'au dîner qui eut lieu sans Roderic.

Une fois de plus, le marquis se montra passionné par la conversation de sa cousine. Diona, silencieuse, eut le sentiment de se retrouver à Grantley Hall et d'écouter son oncle, ressassant des événements qui l'avaient contrarié.

Et pourtant c'était une comparaison injuste. Ici, elle pouvait au moins regarder le marquis, l'écouter et sentir sa présence, même s'il se montrait indifférent. De tout son être, elle désirait qu'il la remarquât.

Or, en lui disant bonsoir, il lui parut encore plus formel que la veille, et elle éprouva, en se dirigeant vers sa chambre, un désir irrépressible de s'enfuir et de se cacher. Il avait probablement l'intention de lui faire faire ses débuts dans la société et, avec l'aide de Mrs Lamborn, de lui trouver un mari. C'était le lot de toute *débutante* et elle était suffisamment intelligente pour comprendre que telle était la raison qui avait poussé le marquis à lui trouver un chaperon.

Il tenait à ce qu'elle fût magnifiquement habillée et, à travers les remarques de Mrs Lamborn, elle savait qu'il donnerait le départ de la saison des bals afin de s'assurer qu'elle serait invitée à chaque réception qui aurait lieu avant l'automne.

Un grand nombre de bals n'auraient pas lieu à Londres car la saison était définitivement terminée, mais il restait dans la capitale un certain nombre de personnes ayant l'intention d'y séjourner au moins jusqu'au milieu du mois de juillet. Dès qu'ils auraient découvert, ainsi que Mrs Lamborn l'avait souligné, qu'elle avait de grandes espérances, ils l'inviteraient à la campagne à des réceptions consacrées à de jolies filles de son âge. Diona apprit ainsi qu'un grand nombre d'hôtes et d'hôtesses possédaient des propriétés dans les environs de Londres.

– Bien sûr, déclara Mrs Lamborn, mon cousin Lenox les connaît tous.

Elle les énuméra : Syon House qui appartenait au duc et à la duchesse de Northumberland, puis Osterley, propriété du comte et de la comtesse de Jersey. Au fur et à mesure que la liste s'allongeait, Diona sentait faiblir son attention. « Je désire simplement, se dit-elle, avoir l'occasion de parler au marquis comme je le faisais lorsque nous étions seuls à Irchester Park. »

Elle se tournait et se retournait dans son lit, évoquant, le cœur serré, le bonheur qu'elle avait éprouvé lorsqu'ils se promenaient à cheval et que chacun des repas était l'occasion d'une passionnante discussion.

Elle eut tout à coup conscience d'un son étrange en provenance du jardin, juste au-dessous de sa fenêtre. Intriguée, elle sauta hors de son lit et, tirant les rideaux, essaya de regarder au-dehors.

La lune n'avait pas encore atteint son plein éclat et, bien que le ciel fût rempli d'étoiles, l'ombre immense des arbres ne laissait deviner que le dessin harmonieux des parterres.

Le son se répéta et on eût dit le gémissement d'un animal en détresse.

Diona ouvrit la fenêtre et se pencha au-dehors. Derrière elle, Sirius s'était dressé sur ses pattes postérieures et émettait un grognement inquiet.

– Je me demande ce que cela peut être, Sirius.

Le gémissement reprit et le chien grogna de nouveau. Il s'agissait probablement d'un petit animal, un chat peut-être, pris dans un piège.

Sans plus réfléchir, elle agit comme elle l'aurait fait chez elle. Jetant sur ses épaules son châle de soie, elle ouvrit la porte et longea le corridor suivie de Sirius. Ils atteignirent un petit escalier dérobé dont elle avait découvert l'existence au moment de faire faire sa promenade au chien. Il menait à une porte, située entre le salon et le bureau de Mr Swaythling et donnant sur le jardin. La clé se trouvait dans la serrure. Avec un effort elle réussit à tirer le verrou.

Tandis que Sirius se précipitait, elle s'immobilisa et poussa un hurlement de terreur aussitôt étouffé. Un drap épais et lourd fut jeté sur sa tête et, avant qu'elle ait pu se débattre, elle fut soulevée de terre.

C'est alors qu'elle comprit avec horreur que deux hommes l'emmenaient vers la sortie du jardin.

6

Le marquis rentra tard ce soir-là et, malgré sa fatigue, ne put trouver le sommeil. Inlassablement, il tournait et retournait les idées qui s'agitaient dans sa tête jusqu'au moment où il parvint enfin à s'endormir.

Il se réveilla en sursaut et comprit qu'il avait été alerté par un bruit inhabituel. Un animal grattait à sa porte en gémissant. Un aboiement aigu se fit entendre et il crut un moment qu'il se trouvait à Irchester Park et qu'il s'agissait de l'un de ses propres chiens. Soudain, éveillé pour de bon, il reconnut Sirius.

Il alluma une chandelle et se leva pour ouvrir. Sirius fit aussitôt irruption dans la pièce. Il aboya bruyamment et s'élança dans le couloir, puis il s'immobilisa et regarda derrière lui avant de répéter ce manège.

Le marquis comprit aussitôt qu'il se passait quelque chose d'anormal et que le chien lui demandait de le suivre. Il saisit la robe de chambre que son valet avait posée sur un fauteuil à côté du lit et l'enfila. Sa chandelle à la main, il suivit Sirius, pensant que le chien allait le conduire jusqu'à la chambre de Diona qui se trouvait un peu plus loin dans le corridor. Il se demanda ce qui avait pu se passer. Peut-être était-elle malade? Si c'était le cas, pourquoi n'avait-elle pas sonné sa femme de chambre?

Mais, atteignant la chambre de sa maîtresse, Sirius ne fit même pas mine d'y pénétrer, bien que la porte fût grande ouverte. Le marquis entra et constata que le lit était défait et la fenêtre ouverte. Déconcerté, il retourna dans le couloir et vit Sirius qui l'incitait à le suivre, s'arrêtait et regardait en arrière.

De plus en plus alarmé et devinant confusément ce qui avait pu arriver, il retourna en courant jusqu'à sa chambre et entreprit fébrilement de se vêtir. Sirius, comme s'il avait compris ce qui se préparait, vint s'asseoir dans l'encadrement de la porte, tout en ne cessant de gémir. Le marquis enfila le pantalon couleur champagne qu'il avait porté durant la journée, mit la première paire de bottes qu'il put trouver dans le bas de sa penderie et sortit de sa commode une chemise blanche.

Il accomplit tous ces gestes très rapidement car, ayant été soldat, il avait appris à s'habiller en toute hâte lorsque la situation le réclamait. Les gémissements de Sirius devenaient de plus en plus insistants. Nouant sa cravate d'un geste vif et enfilant sa redingote, il se dit qu'il venait de battre son propre record de vitesse.

Lorsqu'il se dirigea vers la porte, Sirius bondit aussitôt dans le corridor, mais soudain le marquis se ravisa. Il ouvrit le tiroir de sa table de nuit et en sortit un pistolet. Il s'agissait d'un nouveau modèle qu'il transportait toujours avec lui au cours de ses voyages. Les voleurs et les bandits de grands chemins attaquaient souvent les véhicules circulant en

140

dehors des grandes routes, et il était plus sage d'être armé. Il glissa le pistolet dans sa poche et, stimulé par les plaintes de Sirius, s'élança derrière lui.

A sa grande surprise, le chien ne se dirigea pas vers le grand escalier mais vers celui qui se trouvait au bout du corridor et que le marquis utilisait très rarement. Lorsqu'il en eut descendu les marches, il vit que la porte du jardin était ouverte, et commença à éprouver une réelle inquiétude. Un court instant, tout comme Diona l'avait fait, il se tint immobile. Puis, lorsqu'il vit Sirius traverser la pelouse où s'allongeait l'ombre des arbres, il comprit que Diona s'était dirigée, ou avait été emmenée, dans cette direction. Elle avait dû passer par la porte du fond du jardin qui conduisait aux écuries.

Il y avait tout juste assez de lumière pour qu'il pût constater que la porte était fermée, ce qui expliquait probablement que Sirius n'eût pas suivi sa maîtresse. Mais la serrure avait été forcée.

La limite du jardin franchie, il avança, suivi de Sirius, vers les écuries et se demanda où Diona avait été emmenée. Il savait maintenant qu'elle avait été enlevée et devinait sans nul doute possible qui était l'auteur de cet acte. Il s'accusa d'avoir manqué de clairvoyance en s'imaginant qu'un homme comme sir Hereward tolérerait que ses plans fussent bouleversés. Il avait été surpris de ne recevoir aucune nouvelle des avocats de ce dernier et savait maintenant que s'il avait été plus vigilant et plus méfiant il aurait interprété ce signe comme une menace.

Debout, dans l'espace désert des écuries, il n'entendait que le remue-ménage des chevaux et se demandait désespérément que faire pour ne pas perdre de temps.

Tout à coup, comme si Diona était venue à son

aide, il se souvint que sir Hereward possédait une maison à Londres. Il avait appris ce détail par le plus grand hasard et se remémorait que, peu de temps après la guerre, une jeune femme charmante lui avait dit :

– Je vous attends pour dîner demain soir. Vous n'aurez aucun mal à trouver ma maison dans Park Street. Elle est toute petite, blottie entre deux demeures, dont l'une appartient au comte de Warnshaw et l'autre à sir Hereward Grantley.

Elle avait ri et avait ajouté :

– Bien que je sois blottie entre eux, vous n'avez aucune raison d'être jaloux. Ils sont tous deux très vieux et très laids!

Cette maison, si sa mémoire était fidèle, se trouvait à l'autre bout des écuries, le long de Park Lane, et le marquis s'engagea sans tarder dans cette direction. En chemin, un autre détail lui revint à l'esprit : la dame en question, soucieuse de préserver sa réputation après ses deux premières visites, lui avait donné la clé de la porte du jardin qui s'étendait derrière chez elle. Cette porte donnait accès à un jardin commun à une dizaine de maisons. Lorsqu'il avait emprunté ce chemin, la nuit tombée, il n'y avait jamais rencontré âme qui vive.

Il avançait d'un pas vif, presque en courant, et songeait que frapper à la porte de sir Hereward eût été une erreur grossière. Celui-ci aurait donné l'ordre aux serviteurs de ne pas répondre, et il eût été impossible de forcer la porte afin de savoir si Diona se trouvait à l'intérieur.

Il se décida donc à traverser Park Lane et à chercher par quelles écuries il pouvait accéder à la porte du jardin. Lorsqu'il eut atteint son but, il constata qu'elle était fermée à clé. Forcer la serrure, comme sir Hereward l'avait probablement fait dans son propre jardin, représentait un gros risque. Le bruit risquerait d'attirer l'attention sur lui.

Il posa sa main sur la tête de Sirius, le caressa et ordonna d'une voix autoritaire :

– Assis, Sirius! Assis!

Le chien lui obéit et le marquis, sans grande difficulté, escalada le mur élevé et se laissa tomber de l'autre côté. Ils ouvrit ensuite la porte de l'intérieur et fit entrer le chien. Sirius semblait comprendre ce que l'on attendait de lui et imitait le marquis qui veillait à se mouvoir dans l'ombre des arbres et des buissons, se rapprochant progressivement des bâtiments sombres.

Découvrir la maison de sir Hereward ne causa aucune difficulté. Maintenant qu'il la voyait, il savait que son instinct l'avait conduit au bon endroit. L'une des pièces du bas était éclairée et, par comble de chance, les rideaux n'étaient pas tirés.

Marchant prudemment le long de la façade de peur que quelqu'un ne l'aperçoive par une fenêtre, ce qui était fort peu probable, le marquis remonta le jardin et atteignit enfin son but.

La providence avait guidé ses pas, car deux des fenêtres étaient ouvertes. Tandis qu'il s'approchait, il put entendre distinctement une voix masculine tout d'abord, puis Diona qui s'exclama soudain :

– Je ne l'épouserai pas! Jamais!

Tandis qu'on la transportait à travers le jardin, Diona avait deviné qui l'enlevait. Il lui était difficile de respirer à la fois à cause de l'épaisseur du drap qui lui recouvrait la figure, et parce que les deux hommes qui l'emmenaient avançaient très rapidement.

Elle entendit tout à coup une voix, qu'elle identifia comme étant celle de son oncle :

– Attention à la porte !

Les hommes s'immobilisèrent un instant et elle pensa qu'ils baissaient la tête. Son oncle, parlant avec une colère contenue, se mit à crier :

– Hors de mon chemin, maudit animal !

Elle entendit un aboiement plaintif et comprit qu'il avait frappé Sirius avec sa canne.

Puis elle entendit le son d'une porte qui se refermait ; Sirius avait dû rester derrière. Bien qu'elle tremblât de peur et de suffocation, elle songea très fort qu'elle devait demander à Sirius de réveiller le marquis. Lui seul pouvait la sauver.

Depuis que Sirius était tout petit, elle s'était amusée à le dresser à obéir non seulement aux ordres qu'elle formulait mais aussi à ses pensées. Son père lui avait parlé des expériences étonnantes de transmission de pensée, fréquentes aux Indes. Il lui avait expliqué que certains Indiens pouvaient communiquer entre eux, même séparés par une distance considérable.

– Je ne comprends pas, papa, avait-elle dit. Comment font-ils ? Comment est-ce possible ?

– Les savants savent depuis longtemps qu'il existe des ondes qui parcourent le monde, avait répondu son père, et je pense que l'on peut communiquer de la même façon.

– De la même façon ? interrogea Diona.

– Nos pensées sont émises comme des ondes et nous pouvons les diriger vers la personne à qui elles sont destinées. Si elle est sensible et réceptive, elle sait les interpréter.

– C'est une idée fascinante, papa ; et je vais essayer de communiquer avec vous de cette façon !

– C'est quelque chose que ta mère et moi avons souvent fait, répliqua son père. A certains moments, elle répond à mes questions avant même que je les aie formulées.

Diona, pensant que son père préférait communiquer avec son épouse plutôt qu'avec elle, s'était entraînée avec Sirius et, après un certain temps, avait commencé à penser qu'elle obtenait des résultats. Elle pouvait, sans proférer le moindre son, le faire accourir vers elle du fond du jardin. Elle n'avait pas toujours eu autant de succès lorsqu'elle avait essayé de lui donner un ordre précis. Portée par ses ravisseurs depuis un temps qui lui semblait interminable, elle se demanda désespérément s'il allait cette fois la comprendre.

– Va chercher le marquis! Dépêche-toi, Sirius!

Toutes les fibres de son corps étaient tendues dans le but de l'atteindre et elle se demandait encore comment faire pour s'échapper lorsqu'elle sentit que ses ravisseurs pénétraient à l'intérieur d'une maison.

On la posa brusquement à terre et quelqu'un enleva le drap qui la recouvrait. Elle était restée si longtemps dans l'obscurité que, l'espace d'un instant, elle fut éblouie par la lumière.

Puis elle vit qu'elle se trouvait dans une large pièce, éclairée par quelques chandelles. Devant elle se trouvaient son oncle et Simon. Bien qu'elle ne fût pas surprise de les voir, son corps fut agité d'un tremblement. Simon posait sur elle ce regard qu'elle haïssait tant, et elle serra nerveusement le châle de soie sur sa poitrine.

– Je me suis débrouillé pour l'amener ici, dit sir Hereward, maintenant expédions le reste de cette affaire!

Il s'adressait à quelqu'un derrière elle et en tournant la tête elle aperçut un homme qui se dirigeait vers elle. Il était vêtu de noir et trop petit pour avoir été l'un de ceux qui l'avaient transportée. Elle se demanda qui il pouvait bien être et aperçut soudain la mousseline blanche qui entourait son cou. C'était un pasteur.

Un sentiment d'horreur l'envahit tandis que le plan de son oncle lui apparaissait tout entier. Elle n'avait aucun moyen de s'échapper. Elle était perdue.

Soudain, comme si une voix lui avait soufflé de gagner du temps, elle laissa échapper un faible murmure et feignit de s'évanouir. Elle ferma les yeux, espérant que son oncle n'y verrait que du feu.

– Elle s'est évanouie! s'écria Simon. Regardez ce que vous avez fait, papa! Elle s'est évanouie, elle est peut-être morte!

– Cesse de dire des sottises! dit sir Hereward avec colère; va plutôt chercher un verre d'eau!

– Où? Je ne sais pas où il y en a! répliqua Simon.

– Demande à un domestique, idiot! tonna sir Hereward.

Diona entendit Simon trébucher et espéra qu'il mettrait un certain temps à remplir sa mission.

Elle était maintenant vivement consciente de la respiration bruyante de son oncle debout à côté d'elle. Avec l'énergie du désespoir elle se concentra encore une fois pour envoyer un cri d'alarme silencieux, en direction du marquis cette fois.

Il était peut-être déjà à sa recherche, si Sirius l'avait prévenu. Mais saurait-il où se diriger? Elle savait que son oncle possédait une maison à Londres, qu'il n'utilisait que très rarement sauf à l'occasion d'une réunion ou d'un dîner qui l'obligeait à y passer la nuit. Pendant tout le temps où elle avait séjourné à Grantley Hall, elle n'était jamais venue dans cette demeure. Le marquis ne connaissant pas son oncle qui n'était pas quelqu'un d'important, il y avait peu de chances qu'il sût où la trouver.

Malgré tout, une lueur d'espoir l'incita à essayer de l'atteindre de nouveau en pensée.

S'efforçant de suivre les instructions de son père, elle imagina que son appel à l'aide, porté par une vague, arrivait jusqu'à lui, et se représenta son visage lorsqu'il le recevait.

– Au secours! Au secours! Sauvez-moi, je vous en prie! Je... je vous aime!

Bien qu'elle essayât de lui transmettre ces trois derniers mots, elle savait qu'il ne l'aimait pas et craignait, par conséquent, qu'il ne sentît pas combien elle avait besoin de lui.

Elle entendit Simon qui revenait, et son oncle ordonna :

– Tu as le verre d'eau? Soulève sa tête et force-la à boire!

– Et si elle ne veut pas? demanda Simon.

Le prêtre ouvrit la bouche pour la première fois.

– Je vais m'en occuper, dit-il.

Diona sentit qu'il s'agenouillait auprès d'elle et que Simon lui avait tendu le verre.

Il glissa son bras derrière sa tête et la souleva. A travers ses paupières à demi entrouvertes, il lui parut presque aussi répugnant que son cousin. Il causait une impression malsaine et, au contact de sa main, elle faillit sursauter de dégoût.

De toute évidence, beaucoup plus expérimenté

que Simon, il appuya le bord du verre contre ses lèvres. Elle essayait bien de ne rien avaler mais, lorsqu'elle sentit l'eau couler sur son menton et sur sa chemise de nuit, elle se trouva forcée de boire une ou deux gorgées.

– Réveille-toi! Allons! disait sir Hereward avec impatience.

– Je pense qu'elle revient à elle, sir Hereward, annonça le pasteur.

– Sinon, jetez-lui l'eau à la figure!

Diona eut alors un faible mouvement des mains puis repoussa le verre de sa bouche.

– Je préfère cela! dit sir Hereward. Lève-toi, nous n'avons plus de temps à perdre!

– Je... je ne me sens pas bien, oncle Hereward, murmura-t-elle.

– Tu te sentiras encore beaucoup plus mal si tu ne fais pas ce que l'on te dit! répliqua sir Hereward. Aide-la à se redresser, Simon, dès qu'elle sera debout nous pourrons commencer le service.

Maladroitement, Simon l'aida à se remettre sur ses pieds en la prenant par un bras tandis que le pasteur faisait de même de l'autre côté. Sentant qu'elle n'avait aucune autre possibilité, Diona se redressa et leva les mains afin d'écarter les cheveux de son front.

– Je vous en prie, oncle Hereward, dit-elle, laissez-moi revêtir quelque chose de décent.

– Une fois que tu seras mariée, tu pourras retourner chercher tes affaires, décréta sir Hereward. Pour le moment, il n'y a aucune raison de faire attendre ton futur mari.

– Si vous avez l'intention de me faire épouser Simon, je ne répondrai pas au pasteur! Je ne l'épouserai pas!

Se rendant compte qu'elle n'avait rien à perdre, elle poursuivit :

– Comment osez-vous me kidnapper de cette manière! Vous devriez savoir que c'est un crime honteux!

– Je t'interdis de me parler de cette façon! hurla sir Hereward. Tu n'étais qu'une orpheline misérable lorsque je t'ai accueillie sous mon toit. Je t'ai nourrie, vêtue et j'ai payé les factures de ton irresponsable de père, et voilà tout le remerciement que j'en ai!

– Ce n'est pas une question de remerciement, répondit Diona. Je suis tout à fait prête à vous remercier pour ce que vous avez fait pour moi, même si vous m'avez rendue très malheureuse! Mais je n'épouserai pas votre fils qui, comme vous le savez fort bien, ne ferait un mari convenable pour personne!

Elle avait conscience de s'exprimer avec brutalité, mais, ne pouvant compter que sur elle-même et n'ayant aucun espoir d'être sauvée, elle ne craignait plus son oncle. Elle mourrait, elle le savait, plutôt que de permettre à Simon de l'embrasser et de poser les mains sur elle. Si on l'unissait de force à son cousin, elle se tuerait plutôt que d'accepter de partager sa vie.

Cramoisi de rage devant tant d'insolence, sir Hereward la toisa du regard et dit sèchement au pasteur :

– Commencez le service! Dépêchons-nous!

– Je ne l'épouserai pas! Jamais! cria Diona.

Sir Hereward brandit sa canne.

– Alors, je vais te battre jusqu'à ce que tu cèdes!

Il s'avança vers elle d'un air menaçant et Diona

poussa un cri de frayeur. Un aboiement éclata soudain, et Sirius bondissant à travers la fenêtre ouverte atterrit sur le sol de la pièce. Sans attendre l'ordre du marquis, il n'avait pu résister, comprenant le danger qui menaçait sa maîtresse, à l'impulsion de se précipiter vers elle. Il manifestait maintenant sa joie de l'avoir retrouvée et, tandis qu'elle laissait échapper un petit sanglot de joie, le marquis franchit d'un bond le rebord de la fenêtre.

Sir Hereward, avec une rapidité surprenante, mit son bras autour du cou de sa nièce. Il la fit reculer vers le mur, la tenant devant lui comme un bouclier.

Le marquis observait la scène avec un mépris non dissimulé. Simon et le pasteur le regardaient avec stupéfaction et sir Hereward, étouffant presque Diona, sortit lentement, sans détourner les yeux, un pistolet de la poche de son manteau.

– Vous n'avez aucun droit d'entrer chez moi, my lord! Ayez l'obligeance de vous retirer immédiatement ou il va vous arriver un accident regrettable!

– Avez-vous sérieusement l'intention de tirer sur moi? demanda le marquis.

– Je n'hésiterai pas une seconde si vous vous mêlez de ce qui ne vous concerne pas.

Il pointa son pistolet en direction de la poitrine du marquis. A demi étranglée, Diona pensa avec terreur que son oncle oserait exécuter sa menace. Si le marquis essayait de la sauver, il risquait d'être tué. Elle décida aussitôt d'accéder aux désirs de son oncle en épousant Simon et se débattit afin de le lui dire. Le bras de sir Hereward se serra davantage et les paroles qu'elle allait prononcer se muèrent en un cri de douleur.

Sirius, qui avait suivi la scène sans comprendre, réagit instantanément. Bondissant sur sir Hereward, il tenta de lui attraper le bras. L'oncle de Diona leva son pistolet au-dessus de sa tête afin de le mettre hors de portée du chien. Avec la dextérité d'un tireur d'élite, le marquis dont la main droite était crispée sur son arme à l'intérieur de sa poche lui ficha une balle dans le bras.

L'explosion se répercuta sur les murs de la pièce dans un écho prolongé.

Sir Hereward tituba et avec une grimace de douleur lâcha son pistolet qui tomba à terre. Il porta son bras gauche à sa blessure et Diona, libérée, se précipita dans les bras du marquis.

Elle n'arrivait pas à parler mais s'agrippait à lui comme à une bouée dans un océan tumultueux. Il l'entoura de son bras et recula lentement vers la porte.

– Si l'un d'entre vous a l'intention de m'empêcher de sortir, dit-il, il commet une énorme erreur!

– Vous n'avez pas le droit de crier contre mon père, hurla Simon qui venait soudain de retrouver la voix.

Le marquis ne prit même pas la peine de répondre, mais jeta un regard de mépris sur le pasteur, qui semblait se recroqueviller, son livre de prières serré contre lui. L'ecclésiastique, comme s'il venait d'être accusé d'une action illégale, s'écria :

– Ce n'est pas ma faute! J'ai simplement fait ce qu'il m'a dit de faire!

Le marquis savait exactement à quel type de pasteur sir Hereward avait fait appel. Il existait à Londres certains membres du clergé qui ne se faisaient pas prier pour prononcer un service de mariage en échange d'une somme convenable. Ils l'inscrivaient ensuite sur le registre et juraient qu'il avait eu lieu dans un bâtiment consacré.

Le marquis avait atteint la porte et il l'ouvrit sans tourner le dos. Sir Hereward s'était laissé tomber dans un fauteuil et le sang coulait de sa blessure. Le marquis poussa doucement Diona hors de la pièce, et referma la porte derrière lui. Ils se hâtèrent vers le hall, où un laquais les regarda avec surprise. Alors qu'ils s'apprêtaient à franchir le pas de la porte, le marquis s'aperçut que Diona était pieds nus.

Alors il se pencha et la souleva dans ses bras. Tandis que le serviteur ouvrait la porte devant eux, il lança :

– Vous devriez appeler un docteur pour votre maître. Il vient de se blesser!

Sans attendre la réponse du valet, il descendit les marches du perron et s'éloigna avec son précieux fardeau.

Comme Diona blottissait son visage contre son épaule, il crut tout d'abord qu'elle pleurait mais elle ne faisait que s'agripper au revers de sa redingote de peur de le laisser s'échapper. Elle était si légère que le marquis parcourut rapidement en sens inverse le chemin qu'il avait emprunté à l'aller.

Sirius les suivait, remuant la queue, comme fier d'être à l'origine de leur réunion.

Lorsqu'ils eurent passé la porte du jardin qu'il avait laissée ouverte, Diona leva la tête.

– Vous êtes venu... murmura-t-elle. Je savais que Sirius trouverait le moyen de vous dire ce qui m'était arrivé.

– Il me l'a dit, répondit le marquis doucement.

– J'essayais de vous faire savoir où j'étais.

– Je vous ai trouvée, dit le marquis et je suis arrivé à temps.

152

Encore sous l'empire de la frayeur qu'elle avait éprouvée, Diona posa de nouveau sa joue contre l'épaule de son sauveur.

Le marquis la porta dans la maison mais, au lieu de monter directement au premier étage, il emprunta le couloir qui conduisait dans le hall. Le gardien de nuit somnolait dans son grand fauteuil près de la porte. A la lumière des quelques chandelles qui brûlaient encore dans les chandeliers d'argent, il vit surgir son maître et sauta sur ses pieds.

– Allumez quelques chandelles dans le salon! ordonna le marquis.

Le valet se précipita pour y allumer deux candélabres et le marquis y porta Diona.

– C'est parfait, merci, dit-il au serviteur qui sortit et referma la porte derrière lui.

La jeune fille leva les yeux vers son compagnon. Sa blonde chevelure se répandait sur ses épaules et ses yeux reflétaient la lueur des candélabres.

Elle dit, d'un ton encore incrédule :

– Vous m'avez sauvée! Vous m'avez sauvée!

– Oui, je vous ai sauvée, répéta le marquis.

Il la posa gentiment à terre mais ne retira pas son bras de ses épaules. Tout à coup, il l'attira violemment contre lui et posa ses lèvres sur les siennes.

Elle en éprouva un sentiment si bouleversant que les larmes coulèrent doucement sur ses joues. Ce fut un baiser possessif, exigeant, insistant, comme si le marquis, ayant eu peur de la perdre, avait besoin de se prouver ainsi qu'elle était saine et sauve, et tout près de lui. C'était aussi merveilleux que Diona l'avait imaginé.

Malgré la violence de cette étreinte, qui lui avait tout d'abord fait presque mal, elle n'avait pas peur.

C'est ce qu'elle avait toujours voulu, ce qu'elle avait appelé de tout son être! Elle ne l'avait donc pas perdu ainsi qu'elle l'avait cru!

Il se remémora tout à coup qu'elle était douce et menue; sur ses lèvres délicates, innocentes, le marquis déposa un baiser plus doux, infiniment tendre. Diona sentait maintenant des éclairs de feu traverser son corps. Il lui apportait tout ce qu'elle attendait de l'amour et lui révélait les merveilles qu'elle avait cru ne jamais connaître. Toute la beauté des fleurs et des étoiles, du clair de lune et de son éclat rutilant sur l'eau était contenue dans le sentiment qui la soulevait. Il était la musique même qu'elle avait entendue en rêve, le soleil et l'amour dont elle avait été privée tant qu'elle avait vécu à Grantley Hall.

Il était la perfection incarnée dans l'homme qu'elle aimait. Tandis qu'il ne se lassait pas de l'embrasser, elle songea qu'elle lui appartenait et que son cœur, son âme et tout son corps étaient siens.

Il écarta doucement son visage et elle dit dans un souffle :

– Je... vous aime... et je savais que l'amour que j'envoyais vers vous... vous ramènerait à moi.

Ses paroles étaient presque incohérentes et le marquis ne répondit pas.

De nouveau, il l'embrassa, et les éclairs de feu s'intensifièrent et se transformèrent en un feu dévorant qui la traversa et embrasa ses lèvres.

Il la souleva de nouveau dans ses bras et la déposa sur le sofa.

– Vous avez eu tant d'émotions, dit-il, que je vais vous donner à boire. Dieu sait que nous avons mérité un reconstituant!

154

Diona voulut s'écrier qu'elle se sentait comblée et ne désirait rien d'autre que lui, mais déjà il s'était écarté. Il se dirigea vers un plateau qui avait été déposé dans le salon et où se trouvait une bouteille de champagne dans un seau de glace. Versant le liquide pétillant dans deux verres, il lui en tendit un et s'assit sur le rebord du sofa pour la regarder.

L'expression de ses yeux gris avait quelque chose d'intimidant et la jeune fille se remémora tout à coup qu'elle était simplement vêtue d'une fine chemise de nuit et que, au cours de leur étreinte, le châle de soie avait glissé de ses épaules.

Elle essaya de s'en recouvrir à nouveau et le marquis sourit.

– Qui aurait pu penser que des événements aussi extraordinaires pourraient arriver à une personne aussi petite et aussi fragile? demanda-t-il.

– Mais... vous êtes arrivé juste à temps.

– Vous devez en remercier Sirius.

Sirius, voluptueusement étendu sur le tapis depuis qu'ils étaient entrés dans le salon, redressa les oreilles en entendant prononcer son nom.

– A-t-il su vous dire ce qui se passait? interrogea Diona.

– Il me l'a dit très éloquemment. Il m'a tout d'abord signalé sa présence en grattant et en gémissant à ma porte. Il m'a ensuite entraîné dans le jardin où j'ai vu que la serrure avait été forcée.

– J'ai essayé de le dresser à faire ce que je lui demande par la pensée, dit Diona. Mais je craignais que, bouleversé par mon désespoir, il ne comprenne pas.

Le marquis posa sur elle un regard interrogateur. De façon saccadée, car elle était encore sous l'emprise de ses baisers, elle lui raconta ce que son père

155

lui avait enseigné à propos de la transmission de pensée, expliquant que, pendant tout le temps où ses ravisseurs l'avaient transportée, elle avait tenté, sous le drap épais qui la recouvrait, d'envoyer un message à Sirius. Elle lui avait demandé d'éveiller le marquis et de l'amener jusqu'à elle.

Son interlocuteur l'écoutait avec attention. Puis il dit d'un ton très calme :

– Je pense que les ondes de votre pensée sont parvenues jusqu'à moi.

– Les avez-vous senties ?

– J'en suis sûr, répondit-il. Ce sont elles qui m'ont rappelé où se trouvait la maison de votre oncle. Et nous sommes arrivés dans le jardin, Sirius et moi, au moment où il menaçait de vous frapper.

Diona poussa un petit cri.

– Je cherchais à gagner du temps, expliqua-t-elle, mais je suis lâche... Si vous n'étiez pas arrivé à ce moment précis, je pense que je n'aurais pas pu retarder le mariage davantage.

Le marquis prit la petite main et l'éleva jusqu'à ses lèvres.

– Je n'ai jamais connu personne de plus courageux que vous, ni d'aussi merveilleux.

Elle le regarda, les yeux agrandis de surprise.

Se redressant, il lui ôta le verre des mains.

– J'insiste maintenant pour que vous alliez vous coucher, dit-il. Vous avez eu beaucoup d'émotions, beaucoup trop en fait, et nous reparlerons demain de tout cela.

– Je... je ne veux pas vous quitter.

– Je sais, ma chérie, répondit le marquis, et je ne le désire pas plus que vous, mais il faut que je sois raisonnable pour nous deux.

Il posa les verres sur un petit guéridon et, prenant

ses mains afin de l'aider à se mettre debout, il ajouta :

– D'ailleurs, vous devez penser à Sirius, lui aussi a besoin de se reposer!

Elle sourit, comme il espérait qu'elle le ferait.

Elle se tenait maintenant debout devant lui, plus petite encore parce qu'elle était pieds nus. Il contempla les cheveux cendrés, ondulant jusqu'à la taille, et les yeux immenses dans le fin visage à l'ovale pur. Le marquis ajouta :

– Nous avons tant de choses à nous dire! Mais je sais, bien que vous refusiez de l'admettre, mon cœur, que vous êtes épuisée.

Diona savait qu'il disait vrai et fut, de nouveau, surprise de constater qu'il devinait toujours ce qu'elle éprouvait.

Il la souleva doucement.

– Je peux marcher! protesta-t-elle.

– J'aime vous tenir ainsi contre moi, répondit le marquis. Vous êtes si légère que j'ai l'impression de porter une des nymphes qui habitent encore le lac d'Irchester Park.

– J'étais certaine de leur présence, répliqua Diona, mais je n'avais pas osé vous en parler, craignant que vous ne m'accusiez d'avoir trop d'imagination.

– Elles étaient là autrefois et je suis certain maintenant que j'ai grandi qu'elles y sont encore.

Il lui souriait tandis qu'il l'emmenait vers l'escalier. Le gardien de nuit les regarda avec surprise.

Le marquis porta Diona jusqu'à sa chambre et la déposa au milieu du grand lit. Ôtant le châle de ses épaules, il la contraignit avec douceur à s'allonger et remonta le drap sur elle.

– Endormez-vous, mon trésor, dit-il. Et je vous

157

interdis de rêver de quoi que ce soit, sinon que vous êtes saine et sauve et que Sirius et moi ne laisserons plus jamais cela se reproduire.

Parce qu'elle ne trouvait pas de mots pour lui exprimer combien elle l'aimait, Diona tendit simplement les bras vers lui.

Il l'embrassa jusqu'à ce qu'elle sentît la chambre tournoyer autour d'elle avec le sentiment qu'ils s'élevaient tous deux vers le ciel étoilé. Elle aurait bien voulu qu'il continuât à l'embrasser jusqu'à la fin des temps, mais il dit d'une voix étrangement rauque :

– Bonne nuit, ma chérie.

Il dégagea son cou du frêle collier de ses bras et reposa doucement les mains de Diona sur sa poitrine. Son regard sur elle parut les transporter dans l'immensité de l'espace.

Alors le marquis souffla les chandelles et sortit de la pièce, refermant doucement la porte derrière lui. Un court instant, Diona ne comprit pas qu'il était sorti. Le lien qui les unissait était si étroit qu'il était devenu une part d'elle-même, comme s'ils étaient encore l'un près de l'autre. Fermant les yeux, elle s'entendit répéter, inlassablement :

– Merci, mon Dieu, merci. Vous m'avez apporté l'amour que j'avais toujours désiré! Merci! Merci!

7

Dès qu'elle ouvrit les yeux le lendemain, Diona se sentit envahie par un profond sentiment de bonheur auquel elle s'abandonna sans retenue. Tout était devenu si merveilleux! Plus jamais elle ne serait en proie à la solitude ou à la crainte, comme cela avait si souvent été le cas avant que le marquis n'entre dans sa vie.

Elle vit soudain que Sirius la contemplait fixement et comprit qu'elle avait été réveillée par lui.

– Tu veux sortir, je pense?

Elle sonna et aussitôt la porte de la chambre s'ouvrit, livrant le passage à la femme de chambre qui était à son service.

– Voudriez-vous demander à quelqu'un de sortir Sirius dans le jardin et de rester avec lui? demanda-t-elle.

– Très bien, miss.

Tandis que le chien bondissait vers la porte, comprenant que l'heure de la promenade était venue, Diona ajouta :

– Quelle heure est-il?

– Presque onze heures, miss.

La jeune fille poussa une exclamation horrifiée.

– J'étais loin de me douter qu'il pouvait être aussi tard!

– Sa Seigneurie a donné l'ordre que vous ne soyez surtout pas dérangée.

Diona se redressa.

– Sa Seigneurie est-elle en bas?

– Non, miss. Sa Seigneurie est sortie et sera de retour pour le déjeuner. Et Mrs Lamborn m'a chargée de vous dire qu'elle est elle-même partie faire des achats.

Sirius se trouvant déjà au bout du couloir, la domestique s'empressa de le rejoindre.

Diona sauta hors du lit et ouvrit elle-même les lourds rideaux afin de jeter un coup d'œil dans le jardin. Les événements de la nuit précédente surgirent tout à coup dans sa mémoire et elle frissonna en songeant que, sans Sirius et le marquis, elle serait à présent mariée à Simon.

Secouant ces sinistres pensées, elle se répéta que son cauchemar était terminé. Maintenant que son oncle avait reçu une balle dans le bras, elle pouvait être certaine qu'il la laisserait en paix. Elle devait désormais ne plus penser à lui, oublier son horrible fils, oublier surtout la vie misérable qu'elle avait menée à Grantley Hall. Elle avait à présent retrouvé la joie de vivre qui l'avait toujours animée dans la demeure de son enfance. Le soleil brillait, l'air était rempli de mille chants d'oiseaux et à chaque émerveillement en succédait un autre. Elle se trouvait au centre d'un petit paradis qui lui appartenait tout entier.

Elle revêtit l'une de ses plus jolies robes dans le secret espoir de paraître ainsi plus ravissante encore aux yeux du marquis. Afin de ne pas perdre un instant de sa compagnie elle descendit précipitamment l'escalier, suivie de Sirius qui venait de rentrer de sa promenade, et se dirigea vers la bibliothèque.

C'était un endroit très différent de la vaste et impressionnante bibliothèque d'Irchester Park. Elle contenait beaucoup moins de livres mais le marquis s'y plaisait particulièrement, à cause sans doute des splendides portraits de chevaux qui ornaient les murs.

C'était vraiment un cavalier exceptionnel et Diona sentit son cœur battre à l'évocation de leurs promenades quotidiennes, qui lui étaient si précieuses.

La porte s'ouvrit et la jeune fille se retourna, une expression de joie sur le visage. A sa grande surprise, au lieu du marquis, elle vit l'une des femmes les plus belles qu'elle eût jamais vues. D'une extrême élégance, celle-ci était vêtue d'une robe sophistiquée et probablement très coûteuse, et coiffée d'un chapeau orné de petites plumes d'autruche bleues. Des diamants scintillaient à ses oreilles et autour de son cou. Elle était si éblouissante que Diona se surprit à la regarder avec une insistance qui eût pu paraître grossière. La visiteuse était arrivée à sa hauteur et Diona se ressaisit et s'inclina dans une gracieuse révérence.

C'est alors qu'elle lut sur les traits de la nouvelle venue une expression franchement hostile.

– C'était donc vrai! s'exclama cette dernière. On m'avait dit que le marquis recevait sous son toit une jeune femme, mais je n'osais pas le croire!

Devant tant d'agressivité, Diona répliqua :

– Je suis en effet l'invitée du marquis, mais la cousine de Sa Seigneurie, Mrs Lamborn, me sert de chaperon.

Devoir se justifier auprès de cette dame, quelle

que fût son identité, lui semblait plutôt étrange, et son étonnement s'accrut lorsque son explication, au lieu d'apaiser la visiteuse et de dissiper les éclats de colère que jetaient ses yeux magnifiques, parut produire un effet contraire.

– Qui êtes-vous et d'où tombez-vous ? interrogea cette dernière avec plus de brutalité encore.

De plus en plus stupéfaite et déconcertée par ce comportement, Diona s'entendit répondre malgré elle :

– Mon nom est Diona Grantley, et je suis arrivée à Londres avec Sa Seigneurie, il y a deux jours.

– Vous imposant à lui, sans aucun doute, rétorqua l'inconnue. Eh bien, laissez-moi vous dire que votre présence sous son toit est la cause de bavardages malveillants extrêmement nuisibles à sa réputation. Chaperon ou pas, il est trop jeune et une personnalité trop importante pour recevoir des jeunes femmes chez lui. Plus tôt vous partirez, et mieux cela vaudra.

– P... partir ? articula Diona d'une voix blanche.

– Oui, partir.

– Je... je ne comprends pas...

– Il me sera très facile de vous éclairer ! Je suis lady Sybille Malden, et le marquis, à qui vous faites le plus grand tort, et moi-même, devons nous marier.

– Vous... marier ?

Diona eut la sensation que le plafond basculait au-dessus de sa tête et que la pièce était brusquement envahie par la nuit.

– Mais oui, nous marier, répéta lady Sybille, et je n'ai pas le moindre désir de voir mon mari se couvrir de ridicule. Il ne vous est même pas venu à l'esprit, je pense, qu'un comportement tel que le

162

vôtre puisse être interprété de manière à lui causer un grand préjudice au sein de la haute société.

– Je... je ne savais pas!...

– Il ne vous est dorénavant plus permis de l'ignorer, dit sèchement son interlocutrice. Plus vite vous partirez d'ici et retournerez d'où vous venez, mieux ce sera pour lui et pour moi!

Son regard se posa sur Diona et parcourut la chevelure cendrée caressée par les rayons du soleil, et les grands yeux anxieux à l'étrange couleur. A cette vue, le peu de maîtrise sur elle-même qui lui restait s'évanouit et elle tapa rageusement du pied.

– Avez-vous entendu ce que je viens de vous dire? cria-t-elle. Allez-vous-en et ne vous avisez pas de revenir! Sa Seigneurie m'appartient!

Devant ce visage déformé par la colère, Diona poussa un petit cri et, ne pouvant en écouter davantage, se précipita hors de la bibliothèque en courant. Éperdue, elle longea le corridor et s'élança dans l'escalier. Elle atteignit sa chambre, le souffle coupé.

Elle comprenait maintenant pourquoi le marquis ne lui avait pas demandé de l'épouser. Comment avait-elle pu être assez stupide pour penser, lorsqu'il l'avait embrassée, le soir précédent, qu'elle lui appartenait et ne serait plus jamais séparée de lui!

Debout au milieu de la pièce, elle cherchait désespérément où aller. Elle devait à nouveau se cacher puisqu'il n'était plus là pour la protéger.

Tout à coup, comme une enfant blessée, elle ressentit le besoin irrésistible de retourner chez elle. Son oncle aurait peut-être l'idée de la chercher au manoir; mais non, ayant déjà tenté de la retrouver, il s'était rendu là-bas en premier lieu et ne se donnerait pas la peine d'y retourner. « De toute façon, c'est là que je dois me réfugier, se dit-elle. C'est la seule possibilité. »

Elle se dirigea vers sa garde-robe et remarqua sur un fauteuil une large boîte ronde, qui venait probablement d'arriver de Bond Street, et contenait quelques chapeaux que Mrs Lamborn avait achetés la veille à son intention. Elle les en sortit et y jeta pêle-mêle les premières robes qui se présentaient à elle dans la penderie, et auxquelles elle ajouta une chemise de nuit et une brosse à cheveux. Elle rajusta enfin le couvercle sur lequel elle noua les rubans fixés de chaque côté du carton.

Bien que la boîte fût maintenant plus lourde que lorsqu'elle contenait les chapeaux, elle n'était pas impossible à soulever car, par un heureux hasard, Diona n'avait pris que des robes légères. La jeune fille trouva le châle de soie qui avait appartenu à sa mère et avait enveloppé ses effets lors de sa fuite de Grantley Hall. Puis elle se coiffa d'un chapeau et, tandis qu'elle se saisissait dans un tiroir d'une paire de gants et d'un réticule de satin, elle se rendit compte brusquement qu'il était hors de question de voyager sans argent.

Fébrilement elle passa en revue les solutions possibles puis soudain, comme si sa faculté de raisonnement avait pris la relève de ses émotions, elle sut comment elle pourrait se rendre chez elle.

Le carton à chapeaux à la main, elle descendit l'escalier, suivie de Sirius, veillant surtout à ne pas paraître pressée. Le laquais qui se tenait en bas des marches s'empressa afin de la soulager de son fardeau et elle lui dit aussitôt :

– Je dois rejoindre Mrs Lamborn pour faire des

emplettes; pourriez-vous demander pour moi une voiture de louage?

– Je pourrais faire atteler une calèche, miss.

– Ce n'est pas nécessaire. Mrs Lamborn aura la sienne et il ne me faut que quelques minutes pour la rejoindre.

– Très bien, miss, fit-il en s'inclinant.

Il sortit afin d'aller chercher la voiture dans Park Lane et, dès qu'il fut dehors, Diona se dirigea rapidement vers le bureau de Mr Swaythling.

Elle ouvrit la porte et fut soulagée de constater que le secrétaire se trouvait à son poste, assis à sa table de travail. Il se leva aussitôt et l'accueillit avec un large sourire.

– Bonjour, miss Grantley. Que puis-je faire pour vous?

– Me serait-il possible d'avoir de l'argent? demanda Diona.

– Mais bien entendu! répondit-il. Combien vous faut-il?

– Je compte effectuer quelques achats coûteux ce matin, expliqua-t-elle. Pourriez-vous me donner vingt livres?

Les sourcils de son interlocuteur se soulevèrent d'étonnement devant l'importance de la somme, mais il répondit avec beaucoup de courtoisie :

– Oui, bien sûr. Je suppose qu'il vous serait plus commode d'avoir quinze livres en papier et non en pièces?

– C'est une excellente idée, acquiesça Diona qui ouvrait déjà le réticule suspendu à son poignet.

Mr Swaythling y plaça les billets auxquels il ajouta cinq souverains d'or.

– Méfiez-vous des pickpockets, dit-il en guise de plaisanterie.

– Je serai prudente, assura-t-elle. Je vous remercie beaucoup.

– J'espère que vous trouverez tout ce que vous désirez dans les boutiques.

Dès que la jeune fille fut sortie il se rassit derrière son bureau.

De retour dans le hall, elle vit que le laquais avait trouvé une voiture. Son carton à chapeaux y était déjà installé.

– Je désire me rendre à la boutique de Mme Bertin, dans Bond Street, déclara-t-elle.

Le laquais transmit un ordre au cocher, et le véhicule s'ébranla.

Il faisait un temps chaud et ensoleillé et la capote de la voiture était baissée. Diona attendit qu'ils eussent parcouru un peu de chemin et dit soudain en raffermissant sa voix :

– J'ai changé d'avis.

Le cocher perché sur son siège tourna à demi la tête pour montrer qu'il avait entendu et elle continua :

– Voulez-vous, s'il vous plaît, me conduire au *White Bear*, dans Piccadilly?

L'homme opina du chef et reprit sa position. Tandis qu'ils poursuivaient leur chemin, Diona songea que, heureusement, elle savait où louer une chaise de poste. Ce renseignement lui avait été fourni par le plus grand hasard. Lorsque Roderic était arrivé en compagnie de Sam, vingt minutes après que le marquis et elle furent rentrés de la campagne, il s'était exclamé :

– Bien sûr, vous nous avez encore battus! Vos chevaux sont les meilleurs! Ceux que Sam conduisait étaient si lents que j'aurais mis moins de temps dans une chaise de poste du *White Bear*, dans Piccadilly!

166

– Tu insultes mes écuries! avait rétorqué le marquis.

– Je suis tout simplement vexé de constater que vous conduisez mieux que personne! Vous savez bien que c'est le cas!

– Voilà que tu me flattes maintenant. Je me méfie de ce que tu vas me demander en échange!

Ils avaient tous ri et Diona avait pensé une fois de plus combien il était agréable d'entendre les deux hommes plaisanter sans cesse. Depuis ce moment le nom étrange de *White Bear* lui était resté à l'esprit.

Lorsque la voiture fut arrivée à destination, la jeune fille se dit qu'elle avait adroitement manœuvré afin que ni son oncle ni le marquis ne pussent la retrouver. « Il n'en aura d'ailleurs peut-être pas la moindre envie, songea-t-elle en pensant à ce dernier... ou bien il se dira au contraire qu'il est de son devoir de découvrir ce que je suis devenue. »

Mais elle savait en même temps qu'elle ne pourrait supporter sa sollicitude, maintenant qu'elle savait la vérité. « Il va se marier, se marier avec cette femme ravissante. Comme je suis sotte d'avoir pu penser un seul instant que je comptais tant soit peu pour lui! »

Ayant payé le cocher, elle loua une chaise de poste à deux chevaux sans regarder à la dépense. Dix minutes plus tard, Sirius assis à son côté, elle traversait les rues encombrées de Londres. Dès que le véhicule eut franchi les limites de la City, ils se retrouvèrent en pleine campagne.

Dans quelques heures, elle serait chez elle, dans le seul endroit qui lui appartenait. Mais elle avait laissé son cœur derrière elle, auprès du marquis, qui avait accordé le sien à une autre.

A peine le marquis eut-il pénétré à l'intérieur du *White Club* que Roderic bondit sur lui, visiblement très excité. Il entraîna son oncle dans un coin de la pièce avec un air de conspirateur et lui demanda en baissant la voix, sans pouvoir cependant dissimuler tout à fait son exultation :

– Comment avez-vous fait? Quelle est l'idée merveilleuse que vous avez eue?

Le marquis eut un léger sourire.

– Je déduis de ce que tu me dis que le pari de sir Mortimer est bel et bien annulé?

– Il vient de nous informer qu'en raison de circonstances indépendantes de sa volonté, impossibles à révéler, il se voyait dans l'obligation de se retirer de la compétition!

– Parfait! s'écria le marquis.

– Comment avez-vous procédé? Comment êtes-vous parvenu à ce résultat?

– Je pense qu'il vaut mieux ne plus parler de tout cela.

– Vous ne pouvez pas me laisser brûler de curiosité jusqu'à la fin de mes jours! insista Roderic.

Comprenant qu'un tel destin serait trop cruel, le marquis céda.

– Tu peux vraiment dire merci à l'un de mes amis qui a découvert le nom de la jeune femme que sir Mortimer avait l'intention de présenter.

– Une courtisane française!

– Exactement!

– Et vous vous êtes arrangé pour qu'elle ne puisse pas venir en Angleterre, suggéra le jeune homme, commençant à saisir ce qui s'était passé.

– Cet ami l'a convaincue, expliqua le marquis, que Paris, particulièrement lorsqu'il s'y trouve, est une ville beaucoup plus agréable que Londres!

Roderic poussa un cri de triomphe.

– Oncle Lenox, vous êtes un génie, et je vous serai éternellement reconnaissant de m'avoir aidé à ne pas perdre la face. Mes amis le sont aussi, cela va de soi! A la campagne, comme à Londres, il leur a été impossible de trouver une jeune femme à la fois belle et intelligente!

– Méfie-toi de sir Mortimer, la prochaine fois, abstenez-vous de relever ses paris!

– Nous y veillerons, vous pouvez en être sûr! Chat échaudé craint l'eau froide!

Devant l'expression de son oncle, il s'empressa d'ajouter :

– Et j'ai été, pour ma part, échaudé deux fois!

– Je suis heureux d'avoir pu t'être de quelque utilité.

Sur ces paroles, le marquis lui sourit et se dirigea vers un de ses amis qui lui faisait signe.

Il ne s'attarda pas au club et, tandis qu'il retournait à Irchester House, ses pensées s'envolèrent vers Diona. Il ne pouvait plus contenir son impatience de la retrouver. Il avait dû sortir avant qu'elle ne s'éveillât, car il désirait qu'elle se reposât le plus possible afin d'oublier les émotions de la nuit précédente. Maintenant, son besoin de la voir s'intensifiait comme si elle lui avait adressé un appel muet à travers l'espace, semblable à celui qu'elle avait lancé lorsque son oncle l'avait enlevée. Mû par une impulsion irrésistible, il força soudain l'allure de ses chevaux.

Alors qu'il remontait l'allée qui menait à sa maison, il aperçut Mr Swaythling qui l'attendait sur le perron. Une frayeur incontrôlable l'envahit et il descendit de son phaéton en toute hâte.

Le secrétaire se précipita au-devant de lui et lui demanda en baissant la voix :

– Pouvez-vous venir dans mon bureau, my lord? J'ai quelque chose d'important à vous dire.

– Allons-y.

Ils se dirigèrent en silence vers le bureau. Lorsque Mr Swaythling eut refermé la porte derrière eux, le marquis l'interrogea d'une voix coupante :

– Que s'est-il passé?

– Je pensais que vous désireriez savoir, my lord, que lady Malden est arrivée ici il y a un peu plus d'une heure.

Le regard du marquis s'assombrit, tandis que le secrétaire poursuivait :

– Sitôt arrivée, et bien qu'un laquais ait essayé de la conduire au salon, elle s'est dirigée vers la bibliothèque et y a rencontré miss Grantley.

Comme le marquis restait silencieux, Mr Sway-thling poursuivit :

– Je m'inquiète peut-être inutilement, my lord, mais miss Grantley est venue me voir une vingtaine de minutes après son entrevue avec lady Sybille et m'a dit qu'elle sortait faire des emplettes.

Il s'interrompit, ayant le sentiment de donner sans doute trop d'importance à cet événement. Puis il ajouta rapidement :

– Elle m'a demandé vingt livres en précisant qu'elle allait effectuer quelques achats importants, ce qui ne m'a pas semblé étrange sur le moment. Mais Mrs Lamborn est rentrée, il y a quelques minutes, et m'a appris que miss Grantley ne l'avait pas rejointe, comme elle avait dit qu'elle le ferait.

– Comment est-elle partie d'ici?

– Dans une voiture de louage, my lord.

– Une voiture de louage! Alors que les écuries sont remplies de chevaux!

– J'ai su par le laquais de service qu'il avait proposé à miss Grantley de faire atteler une calèche, mais elle a refusé en laissant entendre que Mrs Lamborn la ramènerait. Voilà en fait ce qui me tracasse, my lord.

Un pli profond creusait le front du marquis, qui demanda :

– Miss Diona a-t-elle emporté quelque chose avec elle?

– Un large carton à chapeaux, répondit Mr Swaythling. Le laquais a dit qu'il était relativement lourd. Miss Grantley avait bien sûr également son sac à main.

Le marquis semblait plongé dans un abîme de réflexion. On frappa à la porte, et Mr Swaythling traversa la pièce pour aller ouvrir. La jeune femme de chambre qui s'était occupée de Diona se tenait devant lui.

– Je vous prie de m'excuser, Mr Swaythling, prononça-t-elle, mais on m'a dit que Sa Seigneurie était ici, et j'ai pensé que je devais lui apporter cela immédiatement.

– De quoi s'agit-il? demanda le secrétaire.

– Un billet que j'ai trouvé dans la chambre de miss Grantley, sur la coiffeuse. Je ne savais pas qu'elle était retournée là-haut, et je viens juste de le découvrir.

– Merci, dit Mr Swaythling en prenant le papier.

Après avoir refermé la porte du bureau, il tendit le billet au marquis, convaincu à présent que ses pressentiments se confirmaient; miss Grantley n'avait eu aucune intention de rejoindre Mrs Lamborn.

Le marquis déplia le papier et parcourut le court message qui disait :

« *Merci de m'avoir sauvée de mon oncle, et merci de tout ce que vous avez fait pour moi. Je vous souhaite tout le bonheur possible. Je sais que ma présence ici vous est néfaste. Sirius et moi allons nous cacher dans un endroit où nul ne pourra nous retrouver.*

Ne vous faites pas de souci pour moi. Je suis sûre que tout ira bien.

Encore mille fois merci.

Diona. »

Le marquis lut deux fois le billet. Mr Swaythling, qui le connaissait depuis fort longtemps, eut peine à reconnaître sa voix lorsqu'il dit enfin :

– Si vous étiez seul au monde et en train de vous enfuir, Swaythling, avec simplement vingt livres pour toutes ressources, où iriez-vous ?

Le secrétaire réfléchit un moment puis répondit :

– Je n'ai aucune idée de l'endroit où miss Grantley pourrait aller dans les circonstances présentes. Elle n'a pas de maison et...

Le marquis l'interrompit par une exclamation.

– Quelle est cette adresse qu'elle vous a donnée l'autre jour lorsqu'elle vous a prié d'envoyer de l'argent aux vieux serviteurs de ses parents ?

Mr Swaythling fourragea dans la pile de papiers posés sur son bureau. Ayant trouvé l'adresse qu'il cherchait, il la tendit au marquis. Celui-ci se dirigea aussitôt vers la porte.

– Puis-je vous demander où vous allez, my lord ?

– A l'écurie, faire atteler une voiture.

– Vous n'avez pas oublié que lady Sybille vous attend dans la bibliothèque ?

– Grand bien lui fasse! riposta le marquis avant de disparaître.

Diona atteignit en fin d'après-midi le manoir où elle avait vécu avec ses parents. Le voyage avait été long et fatigant mais elle avait laissé Sirius se dégourdir les jambes à chaque relais, et s'était laissé persuader par les patrons des auberges où ils avaient fait étape de manger et de boire un peu.

Elle s'était forcée à avaler ce qu'on lui servait, malgré le poids énorme qui semblait peser sur sa poitrine et s'alourdissait au fur et à mesure que la distance qui la séparait de Londres et du marquis devenait plus importante.

Elle ne pouvait s'empêcher d'évoquer son séduisant visage penché sur elle, et la magie du baiser qu'il avait posé sur ses lèvres le soir précédent. Elle avait cru soudain qu'ils étaient tous deux transportés dans les étoiles et se fondaient dans le monde céleste. « Plus jamais je ne pourrai être heureuse », se répétait-elle, terrifiée à l'idée d'un avenir où régnerait la crainte que son oncle ne la retrouvât et la forçât à épouser Simon. Elle était désormais condamnée à se cacher.

Cependant, lorsqu'elle pénétra dans la demeure où elle avait toujours été si heureuse, elle eut l'impression d'être enveloppée dans les bras aimants de son père et de sa mère, soudain revenus pour veiller sur elle.

Mr et Mrs Briggs la retrouvèrent avec une joie indicible. Ils n'avaient pas encore reçu la lettre dans laquelle Mr Swaythling leur annonçait que leur pension avait été augmentée mais Diona s'assit dans la cuisine et leur raconta la plus grande partie de ce qui s'était passé depuis son départ. Avec ces braves serviteurs qui la connaissaient depuis qu'elle était toute petite, elle avait la sensation de se retrouver en famille. Elle leur relata la façon dont son oncle avait essayé de lui faire épouser Simon et ils furent aussi choqués et horrifiés que sa mère l'eût été.

– Dès que j'ai posé les yeux pour la première fois sur ce jeune homme, j'ai su qu'il n'était pas tout à fait normal, dit Mrs Briggs. Il me fait penser à ce pauvre innocent de Jack dont tout le monde se moquait dans le village en le traitant de fou. Personne ne songerait à l'épouser!

– Vous comprenez maintenant pourquoi je dois me cacher?

Elle ne s'était pas trompée en pensant que son oncle viendrait la chercher au manoir. Il ne s'était pas déplacé lui-même mais avait envoyé un de ses palefreniers, un homme revêche qui avait insisté pour fouiller la maison, bien qu'ils lui eussent affirmé qu'ils n'avaient pas vu leur jeune maîtresse.

– Il nous a insultés, miss Diona. Quelle grossièreté! Mettre notre parole en doute!

– Je ne pense pas qu'oncle Hereward revienne ici. Mais s'il le fait, il faudra que je me cache dans la cave ou dans les bois jusqu'à ce qu'il reparte.

– Nous ne le laisserons pas vous trouver, soyez tranquille! affirma Mrs Briggs. Maintenant, allez vous reposer et vous changer pendant que je vous prépare un bon dîner.

Diona suivit ce conseil mais, en arrivant en haut de l'escalier, au lieu de se diriger vers sa chambre, elle pénétra dans celle de sa mère.

C'était une pièce ravissante car, bien qu'ils n'eussent jamais eu beaucoup d'argent, Mrs Grantley avait un goût très sûr et avait toujours su tirer parti des choses les plus simples. Diona ouvrit les volets et constata que les Briggs avaient tenu toute la maison dans un état de grande propreté. Les rideaux de mousseline blanche qui ornaient le lit où ses parents avaient dormi venaient visiblement d'être lavés, ainsi que la garniture assortie de la coiffeuse.

Par la fenêtre ouverte pénétrait l'odeur des roses que son père s'était efforcé de faire grimper le long du mur. En respirant ce parfum, elle avait la sensation encore plus vive que ses parents voulaient lui faire sentir leur présence et leur amour; comme par le passé, elle se trouvait enveloppée dans une atmosphère d'infinie tendresse dont elle avait été totalement privée à Grantley Hall, et qui atténuait un peu sa douleur d'être séparée du marquis. Pourtant, maintenant qu'elle avait définitivement atteint le but de son voyage, elle ne pouvait étouffer le cri qui jaillissait de tout son être, pleurant la perte d'une partie de lui-même. « Il va se marier avec une autre! » se répétait-elle dans un effort pour se raisonner, tout en aspirant à la merveilleuse sensation de ses bras et de ses lèvres. Elle entendait encore les mots magiques qu'il avait prononcés d'une voix profonde, et qui avaient fait battre son cœur plus vite :

– Mon Dieu, comme je vous aime!

– Et je l'aime, moi aussi! s'écria-t-elle à voix haute, comme si elle avait eu la conviction que sa mère l'écoutait. Je l'aime au point que pour moi le monde entier... le ciel et la mer... sont remplis de sa présence. Je n'aimerai jamais... jamais personne d'autre.

Elle eut un petit sanglot, puis ajouta :

– Je sais que vous comprenez, car c'est la façon dont vous aimiez papa. Mais que vais-je faire, à présent que je suis vraiment seule au monde?

Tandis qu'elle prononçait ces mots, elle sentit sur sa main le museau frais de Sirius, inquiet de sa détresse. Elle l'entoura de son bras, et poursuivit :

– Il n'y a plus que nous deux, Sirius, toi et moi seulement. Il va falloir que tu veilles sur moi, tu sais.

Un long moment, elle resta assise dans la chambre de sa mère, et ne sortit de sa triste rêverie que lorsque le soleil déclinant se montra sur le point de laisser place au crépuscule.

Elle se changea et rangea dans la penderie les robes qu'elle avait achetées à Londres. Sa tenue de voyage, très poussiéreuse, fut mise de côté afin que Mrs Briggs la secouât, et elle revêtit une des toilettes que Mrs Lamborn avait choisies pour elle dans Bond Street, une souple création de crêpe blanc, ornée de petites roses, blanches elles aussi.

Jamais elle n'avait possédé quelque chose d'aussi joli. Comme le grand miroir de sa mère lui renvoyait son image, elle se dit, le cœur serré, que jamais le marquis, qui aurait tant aimé cette toilette, n'aurait l'occasion de l'admirer. La robe en perdait aux yeux de Diona tout son charme.

De nouveau, le souvenir de l'homme qu'elle aimait envahissait son âme entière, et elle décida de descendre rejoindre les Briggs afin de pouvoir, l'espace de quelques minutes, ne plus penser à son bonheur perdu.

Elle sortit de la chambre et se trouvait déjà au milieu de l'escalier, lorsqu'elle entendit un bruit de roues devant la porte principale de la maison. Elle était restée ouverte depuis son arrivée. Son oncle avait-il découvert, malgré ses précautions, qu'elle s'était enfuie d'Irchester House ? Même s'il ne s'agissait pas de lui, elle devait à tout prix éviter de révéler sa présence à qui que ce fût dans la région.

Il ne lui restait qu'à se cacher rapidement. Elle descendit les quelques marches restantes et ouvrit la première porte qui se présentait à elle dans le hall. C'était celle du bureau de son père qui, comme la bibliothèque du marquis, était rempli de livres et orné de portraits de chevaux.

Les volets étant fermés, il y régnait une obscurité totale. Diona se précipita vers un grand fauteuil près de la fenêtre, qui pouvait la dissimuler entièrement. Se baissant rapidement, elle attira Sirius contre elle et posa la main sur sa bouche pour lui faire comprendre qu'il devait rester silencieux. Quelqu'un pénétrait dans la maison, faisant résonner le parquet ciré sous ses pas. C'étaient les pas d'un homme, et Diona sentit un frisson la parcourir. Elle devinait maintenant comment son oncle s'y était pris pour apprendre qu'elle se trouvait à Irchester Park. Ted, le roulier, avait sûrement tenu parole et n'avait pas révélé l'endroit où il l'avait conduite. Mais son oncle et Simon – Simon surtout, elle l'aurait juré – avaient pris soin de répandre la nouvelle concernant sa fortune. Les gens du village, désirant qu'elle apprît ce qui venait de lui arriver, avaient probablement fait tout ce qui était en leur pouvoir pour retrouver sa trace, et fini par découvrir quelqu'un qui l'avait aperçue avec le roulier. Ils avaient cru bien faire en se hâtant de fournir ce renseignement à son oncle, qui avait eu alors beau jeu de savoir quel avait été le parcours de Ted ce jour-là. Telle était la façon dont les choses s'étaient probablement déroulées et Diona priait maintenant pour que son visiteur ne s'aperçût pas de sa présence.

Tout à coup, sa gorge se contracta car elle venait

177

de se souvenir qu'elle avait déposé en entrant son chapeau neuf, orné d'une couronne de fleurs blanches, sur un fauteuil dans le hall. Inconsciemment, elle serra si fort Sirius contre elle qu'il bougea, nerveux, avec un petit gémissement de protestation.

Alors que Diona s'évertuait à le calmer, la porte s'ouvrit. Elle retint sa respiration et se fit encore plus petite mais le chien, secouant l'étreinte de ses bras, bondit en aboyant de joie vers le nouveau venu et se mit à cabrioler autour de lui.

– Diona?

C'était la voix du marquis. Elle se redressa en vacillant et aperçut la haute silhouette qui se détachait dans le rectangle lumineux de la porte. Bouleversée par le flot d'émotions qui l'envahissait et incapable de résister au bonheur de revoir l'homme qu'elle aimait et qu'elle avait cru perdre à jamais, elle s'élança vers lui et se précipita dans ses bras.

Il la serra contre lui et couvrit son visage de baisers. Puis il posa ses lèvres sur les siennes et sa bouche se fit soudain exigeante, possessive. Elle se sentit transportée hors d'elle-même, dans un monde merveilleux où plus rien n'avait d'importance, où seul comptait le fait qu'elle lui appartenait.

De longues minutes s'écoulèrent. Le marquis posa sa joue contre celle de la jeune fille et demanda d'une voix étrangement rauque et qui tremblait un peu :

– Comment avez-vous pu vous enfuir de cette affreuse manière? Comment avez-vous pu me quitter après ce que je vous ai dit hier soir?

Incapable de secouer l'envoûtement qui s'était emparé de tout son être, Diona fut saisie d'un frisson et, redescendant soudain sur terre, répondit d'une toute petite voix :

– Je... je vous étais néfaste... je vous faisais du mal en vivant chez vous... à Londres.

– Qui vous a dit une telle stupidité?

– L... lady Sybille... et elle m'a aussi appris que vous alliez... l'épouser.

Entourant les épaules de la jeune fille, le marquis l'entraîna doucement dans le hall. Aux dernières lueurs du soleil couchant, qui pénétraient par les grandes fenêtres de chaque côté de la porte, il la contempla.

Sur son visage radieux, encore transfiguré par la magie de ses baisers, il voyait déjà se répandre le désespoir qui était pour elle associé aux événements qu'elle venait d'évoquer. Ses lèvres douces, dont il avait avivé l'éclat, eurent un frémissement.

Le regard du marquis se posa sur la chevelure d'or pâle qui auréolait le visage délicat, et plongea dans les yeux couleur de brume levés vers lui. Il avait l'étrange sensation de la découvrir pour la première fois.

Doucement, il lui murmura :

– Mettez votre chapeau; je vois qu'il est là, sur ce fauteuil.

Diona, trop troublée par tout ce qui venait de se passer, ne parut pas comprendre. Le marquis se pencha lui-même vers le siège et se saisit du chapeau qu'il posa tendrement sur la tête de la jeune fille avant de lui nouer les rubans sous le menton. Elle n'avait cessé de le regarder fixement, avec dans les yeux une expression d'amour qu'elle ne pouvait plus déguiser. La prenant par la main, il la fit sortir devant lui sur le perron.

Bien que son phaéton fût couvert de poussière, les chevaux semblaient encore relativement frais. Sur le siège avant se tenait assis un valet d'écurie qui avait pour mission en général d'accompagner son maître. Diona le connaissait et, lorsqu'il aperçut la jeune fille, il lui sourit et toucha son chapeau. Le marquis, ayant soulevé Diona, l'installa dans le véhicule et s'empara des rênes. Le valet s'assit sur un petit siège à l'arrière et le véhicule s'ébranla.

Ce n'est que lorsque le phaéton eut franchi la porte du domaine et se fut engagé sur la route poussiéreuse menant au village que Diona retrouva sa voix.

– Où... m'emmenez-vous ?

– A l'église ! répondit le marquis.

Elle lui jeta un coup d'œil incrédule comme si elle avait mal entendu.

– A... l'église ?

– Nous allons nous marier. Le pasteur a été prévenu et il nous attend.

Muette de stupéfaction, Diona vit soudain se dresser devant elle la petite église de pierre grise où elle s'était rendue chaque dimanche, avec son cimetière où reposaient son père et sa mère. Avec un immense effort, elle demanda :

– Mais... comment pouvez-vous m'épouser ?

– Très facilement ! répondit le marquis avec un soupçon de rire dans la voix. Et c'est une chose que j'aurais déjà dû faire depuis longtemps ! Je ne veux plus courir le risque de vous perdre !

Il arrêta ses chevaux devant l'église, sauta vivement à terre et fit le tour du véhicule afin d'aider la jeune fille à descendre.

– Le fait de m'épouser... ne vous fera aucun tort ? dit-elle alors.

– Je vais vous épouser, et je pense, ma chérie, que c'est ce que nous désirons tous les deux.

Il la regardait intensément et, lorsqu'elle leva les

180

yeux vers lui, elle comprit que tout ce qu'ils pouvaient dire n'avait pas d'importance. Seul comptait le lien invisible qui les unissait, et qui ne faisait plus d'eux qu'une seule et même personne.

Le marquis glissa la main de Diona sous son bras et la conduisit vers le porche. Au moment de pénétrer dans l'église, elle entendit résonner les accents harmonieux de l'orgue et vit le pasteur qui les attendait sur les marches du chœur. Il avait remplacé le vieil homme à qui Diona devait une grande partie de son savoir, et qui avait été fort apprécié par les parents de la jeune fille qui l'avaient toujours traité en ami.

Elle se dirigea lentement vers lui, au bras du marquis et quelques secondes plus tard, le service commençait.

Tandis qu'ils parcouraient le court chemin qui les ramenait au manoir, Diona s'efforçait encore de se convaincre qu'elle était mariée. Pourtant, lorsque Lenox Irchester avait répondu d'une voix ferme aux questions rituelles posées par le pasteur, et qu'elle avait entendu ses propres réponses, prononcées d'une voix douce et un peu effrayée, elle avait compris que son rêve le plus cher venait de se réaliser. La musique qui avait alors éclaté dans l'église avait mêlé les accents de l'orgue au chant de leurs deux cœurs. Elle avait senti qu'une bénédiction divine se répandait sur elle, à laquelle s'ajoutait celle de son père et de sa mère; ils exprimaient ainsi que leur désir de la voir heureuse était comblé. « Je suis mariée! se répétait-elle, mariée à celui que j'aime plus que je ne peux le dire! »

Il lui semblait que jamais personne n'avait eu un

mariage aussi parfait. Elle s'était sentie entourée non seulement par l'amour qui irradiait de son mari, mais par celui des êtres chers qui veillaient sur elle. Parmi ceux-ci, bien qu'il se fût comporté avec une discrétion exemplaire, se trouvait bien entendu Sirius.

Il avait suivi le phaéton sans qu'elle s'en aperçût et elle ne l'avait remarqué qu'au moment où le marquis et elle atteignaient le chœur. Il se tint alors derrière elle, comme s'il avait assumé, en l'absence de son père, le rôle de la conduire jusqu'au pasteur. Il avait conservé durant tout le service une immobilité parfaite, sans émettre le moindre son, et elle avait songé que l'amour qu'il lui portait avait pour elle tant d'importance qu'elle ne pouvait plus dorénavant s'en passer.

Ils atteignirent enfin le manoir. Alors que Lenox soulevait Diona du phaéton afin de l'aider à descendre, Sirius les précéda dans la maison, pressé d'annoncer leur arrivée.

Ils traversèrent tous deux le hall jusqu'à la porte du salon qui était ouverte. Doucement, le marquis attira Diona à l'intérieur de la pièce.

Pendant qu'ils se trouvaient à l'église, Mrs Briggs avait ouvert toutes les fenêtres et l'air embaumait de tous les parfums des fleurs du jardin.

Lenox referma la porte. Lentement, comme s'ils n'avaient plus maintenant besoin de se hâter, il dénoua les rubans du chapeau de Diona. Elle le regarda. Tout s'était déroulé si rapidement et de façon si inattendue qu'elle avait perdu le pouvoir de penser et ne savait plus que sentir. L'entourant de ses bras, il la serra contre lui.

Il laissa s'écouler quelques minutes avant de l'embrasser et elle eut le sentiment que la solennité de la cérémonie de mariage les réunissait encore dans une même communion silencieuse. Enfin, avec beaucoup de douceur, il posa les lèvres sur son front, sur ses paupières, sur sa bouche enfin, et lui donna un baiser volontairement dénué de passion, à la fois délicat et respectueux, par lequel il lui faisait don de tout son être. Diona était bouleversée d'émotion. Tandis qu'elle se serrait plus fort contre lui, il fit ses lèvres plus insistantes, plus ensorcelantes, comme décidé à la séduire par le seul pouvoir de ses baisers, dont la magie la faisait déjà frissonner.

Puis Lenox écarta doucement son visage

– Vous êtes mienne, Diona, vous m'appartenez et plus jamais je ne vous laisserai échapper.

– Je vous aime... je vous aime tant!

Tout le jour, ces mots avaient accompagné les pulsations de son cœur. Lorsqu'elle avait retrouvé son bien-aimé, ils avaient cogné plus fort dans sa poitrine. Elle ne pouvait maintenant plus rien faire que lui exprimer son amour avec des mots à la fois simples et éternels.

– Je vous aime! répéta-t-elle. Mais j'ai le sentiment que... vous n'auriez peut-être pas dû m'épouser.

– Mais je l'ai fait, dit Lenox, parce que je vous aime comme je ne pourrai jamais aimer personne d'autre désormais. Et parce que, vous le savez bien, mon trésor, il existe entre nous un lien inéluctable.

Il l'embrassa de nouveau avant d'ajouter :

– Aucun de nous deux ne sera plus jamais complet sans l'autre.

– Comment pouvez-vous me dire ces choses si merveilleuses? s'exclama Diona. Elles expriment exactement ce que je ressens, mais je ne pensais pas que vous puissiez les ressentir également...

Lenox répondit en souriant :

– Je les ai ressenties profondément, dès le premier jour où je vous ai vue, mais j'ai tout d'abord lutté très fort contre elles, car je désirais me persuader que je n'avais aucune envie de me marier.

– Mais... lady Sybille m'a dit...

– Oubliez-la, interrompit-il. Elle n'a aucun rôle à jouer dans notre vie. Je suppose que j'ai été fou de vous emmener à Londres, mais je l'ai fait pour votre bien.

– Pour mon... bien ?

– Vous êtes si jeune, et vous avez si peu d'expérience, ma chérie, que je pensais devoir vous donner une chance de rencontrer d'autres hommes, au cas où vous en trouveriez un que vous aimeriez plus que moi.

Diona poussa un petit cri.

– Comment avez-vous pu penser une chose pareille ? Vous savez bien... que je ne peux aimer personne plus que vous ! Ce serait impossible !

– J'ai commis une erreur, et j'en ai certainement été bien puni, dit le marquis. Je n'ai jamais rien connu d'aussi horrible que ce que j'ai vécu la nuit dernière, lorsque j'ai compris que vous aviez été enlevée, et aujourd'hui de nouveau, lorsque j'ai su que vous vous étiez enfuie de la maison à cause de quelques sottises que vous avait dites lady Sybille.

– Vous... vous ne lui avez pas promis de l'épouser ?

– Je n'ai jamais demandé à une autre femme que vous de m'épouser !

Diona se mit à rire.

– Mais vous ne me l'avez jamais demandé ! C'est la raison pour laquelle j'ai cru, quand lady Sybille m'a affirmé que vous lui aviez demandé sa main, que vous aviez toujours l'intention de... m'installer dans une petite maison retirée... où nous pourrions être ensemble... sans que je sois votre femme.

Le marquis l'attira violemment à lui.

– Je vous ordonne d'oublier tout cela! J'essayais encore stupidement de préserver mon indépendance, ma précieuse liberté! J'aurais dû savoir que c'était une bataille perdue d'avance!

Comme elle devait comprendre difficilement ce qu'il voulait dire, il s'expliqua :

– Je vous aime et, dès le premier jour, mon cœur vous a appartenu tout entier; mais je suppose que, comme la plupart des hommes, j'avais peur de me trouver lié à une femme avec laquelle je finirais par m'ennuyer.

Le corps de Diona se raidit.

– Et si je... vous semblais ennuyeuse?

– Je sais déjà que c'est impossible, dit-il. Depuis que je vous connais vous ne m'avez certes pas laissé une seule seconde pour m'ennuyer! Les péripéties se sont succédé à un rythme endiablé! Je pense que je mérite maintenant un peu de repos, ou plutôt une lune de miel!

– Est-ce que... nous allons en avoir une?

– Nous nous rendrons demain à Douvres afin d'embarquer sur mon yacht.

Diona écarquilla les yeux.

– Où irons-nous?

– Où vous le désirez! répliqua-t-il. Le monde est vaste, et il contient de nombreux endroits que je veux vous faire visiter, et où je veux vous aimer, avant que nous ne revenions chez nous faire face, ensemble, à nos responsabilités.

– Cela semble une perspective si merveilleuse... tellement, tellement merveilleuse! articula Diona, le souffle coupé. Êtes-vous... sûr que vous ne vous ennuierez pas?

– Pensez-vous que ce sera le cas pour vous?

– J'ai... j'ai peur.

– Avez-vous oublié, demanda-t-il, que nous pensons les mêmes choses, que nous éprouvons les mêmes sentiments et que nous communiquons sans même avoir besoin de nous parler?

– Vous avez entendu mon appel... hier soir!

– Et aujourd'hui de nouveau, répliqua Lenox, et je suis convaincu, que vous en ayez eu conscience ou non, que vous m'appeliez et m'attiriez à vous, pendant tout votre trajet de Londres à cette maison.

Diona posa sa tête sur l'épaule de son mari.

– Je pensais que vous alliez épouser lady Sybille, chuchota-t-elle. Je ressentais un désespoir... inexprimable... Je voulais mourir.

– Nous ne nous quitterons plus jamais.

Il prit sa bouche et l'embrassa jusqu'à ce qu'elle n'eût plus conscience de ce qui l'entourait. Il n'y avait plus autour d'eux que le parfum des roses et la musique harmonieuse de leurs âmes.

– Je vous aime... je vous aime, répétait Diona.

Mais elle ne savait plus si les mots étaient prononcés par sa bouche, ou si son esprit en avait transmis la signification à son corps, vibrant de passion.

Beaucoup plus tard, lorsqu'ils ne furent plus éclairés que par la lumière des étoiles qui se répandait par la fenêtre, et celle de la lune qui venait d'apparaître dans l'immensité sombre du ciel, Diona se pelotonna dans les bras de son mari.

– Êtes-vous éveillé? demanda-t-elle.

– Je suis trop heureux pour dormir, répondit-il.

– Êtes-vous réellement heureux et non... lassé... désabusé ou blasé?

Il se mit à rire et embrassa son épaule satinée.

– Je doute de pouvoir ressentir encore tout cela! Et vous, ma chérie? Ne vous ai-je pas brusquée, effrayée?

Diona inspira profondément.

– Je... je ne pouvais pas imaginer que l'amour était si... magique! Être avec vous... c'est être au paradis! Et mon bonheur a encore plus de prix, parce que nous nous sommes aimés pour la première fois dans cette maison, qui abritait l'amour de mes parents, dans le lit même où ils dormaient et connaissaient le bonheur le plus grand qui soit au monde!

– Le nôtre excepté, corrigea Lenox. J'ai la certitude, mon cher cœur, qu'aucun homme n'a jamais été aussi heureux que je le suis, et je lutterai comme jamais je ne l'ai fait en tant que soldat pour vous protéger de toutes les menaces, de tous les dangers, qu'ils soient physiques ou spirituels.

Diona laissa échapper un petit murmure de bonheur et se serra plus étroitement encore contre lui.

– Je vous aime... je vous aime! Il n'existe pas d'autres mots que ceux-là pour exprimer ce que je ressens.

– Ce sont les seuls que je désire entendre. Mais vous n'avez pas besoin des mots pour m'exprimer votre amour, ma chérie. Chaque fois que je touche votre corps, il répond à ma main; chaque fois que je regarde vos yeux, ils me disent des choses si fortes, si profondes et si belles qu'elles en deviennent indicibles. Moi seul ai le pouvoir de les comprendre.

– Vous dites tout ce que j'aimerais pouvoir vous dire, murmura Diona. Comment pouvez-vous être si... unique?

– C'est ce que je veux être. Je sais, mon cœur, le sentiment de bonheur que vos parents communiquaient à ceux qui les entouraient. Croyez-vous que nous saurons créer autour de nous un tel miracle d'amour?

Diona poussa un petit soupir qui surgissait du plus profond de son être.

– Comment aurais-je pu douter un instant que papa et maman veillaient sur moi? s'écria-t-elle. Ils m'ont soufflé d'aller vers vous au manoir et de demander à vous parler; et bien qu'au tout début j'aie eu peur de vous, je devais savoir déjà que vous étiez l'homme avec qui je désirais vivre pendant le restant de mes jours.

Elle s'interrompit pour demander :

– Êtes-vous vraiment sûr que notre mariage... ne vous portera aucun préjudice dans la société... et que vous n'auriez pas mieux fait d'épouser quelqu'un de plus... important?

Comprenant qu'elle pensait à lady Sybille, il répondit :

– Vous n'êtes pas la seule, mon adorable petite épouse, à vous enfuir. Je me trouvais à Irchester Park, lorsque vous y êtes arrivée, parce que je cherchais à m'échapper, moi aussi. Je fuyais Londres et une certaine femme qui tentait de m'attirer dans un piège.

Sa voix s'était brusquement durcie. Puis il reprit d'un ton différent :

– Mais je pense, bien entendu, comme vous, que c'est le destin qui m'a placé au bon endroit, exactement au bon moment, le jour où vous êtes venue me demander de l'aide.

188

– Bien sûr, c'était le destin! s'exclama Diona. Ou plutôt c'était Sirius, car s'il n'avait pas, un jour, renversé le verre de cognac d'oncle Hereward, et s'il ne vous avait pas éveillé à temps pour que vous empêchiez Simon de m'épouser, je ne serais pas ici maintenant.

Le marquis avait instinctivement resserré l'étreinte de ses bras, et elle conclut :

– Notre histoire est si magnifique, si exceptionnelle, que j'ai l'impression de l'avoir lue dans un livre plutôt que vécue moi-même.

– Peut-être devriez-vous l'écrire, dit Lenox, et il nous faut absolument, de toute façon, la raconter un jour à nos enfants!

Il savait, sans avoir besoin de le constater, que les joues de Diona venaient de s'empourprer. Elle enfouit sa tête plus étroitement dans le cou de son mari et chuchota :

– Croyez-vous... que nous ayons déjà fabriqué... un enfant?

Lenox sourit avant de répondre.

– Nous pouvons nous arranger pour en être sûrs, si c'est vraiment ce que vous désirez!

– Je ne savais pas jusqu'à présent comment on faisait les enfants, dit doucement Diona. Mais c'est tellement, tellement merveilleux, que je ne veux pas seulement un bébé, mais plusieurs. Pouvons-nous... pouvons-nous continuer... à faire en sorte d'en avoir un?

– Il m'est très facile de répondre à cette question! répondit Lenox. Je vous aimerai, et vous le prouverai, mon ange, jusqu'à ce que les étoiles tombent du ciel et que la lune cesse de briller.

Sans en dire plus, il se pencha vers elle. Tandis que ses lèvres parcouraient la douceur de sa peau, il sentit le corps gracieux trembler sous ses caresses.

De nouveau, elle avait à la fois la sensation que des éclairs de feu la parcouraient tout entière et que les rayons dorés du soleil qu'elle avait toujours associés au bonheur entretenaient dans sa poitrine et sur ses lèvres un brasier ardent.

Sous les baisers dévorants du marquis, elle se sentait peu à peu transportée vers un univers de lumière et s'abandonna à la joie délicieuse qu'il savait éveiller en elle. Leurs corps semblèrent exploser dans une éblouissante extase et, tandis qu'il la faisait sienne, elle sut que leur esprit, tout comme leur âme, ne faisaient plus qu'un et qu'ils s'étaient rejoints pour l'éternité.

Impression Brodard et Taupin à La Flèche (Sarthe)
le 10 juin 1986
6232-5 Dépôt légal juin 1986. ISBN 2 - 277 - 22030 - 2
Imprimé en France

Editions J'ai lu
27, rue Cassette, 75006 Paris
diffusion France et étranger : Flammarion

2030
★ ★